Culpa

Géraldine Fiasse

Culpa

roman

L'ÉCHELLE
DU TEMPS

« J'aime les gens qui doutent, les gens qui
trop écoutent leur cœur se balancer
J'aime les gens qui disent et qui se contre-
disent et sans se dénoncer
J'aime les gens qui tremblent, que parfois
ils ne semblent capables de juger
J'aime les gens qui passent moitié dans
leurs godasses et moitié à côté »

Anne Sylvestre,
Les gens qui doutent

1

Octobre 2020

Il est quinze heures une. Suzanne expédie ses derniers mails. Surtout ne pas arriver en retard. Louis doit être impatient de l'apercevoir devant la grille pour le délivrer de cette journée d'école. Elle sait par son instituteur que dès quatorze heures, l'enfant s'agite, ne supportant plus de rester sagement assis à côté de ses camarades. Suzanne se hâte et finit de ranger ses dossiers pour le lendemain. Elle ouvre la portière de son Opel Corsa. Marc, son compagnon, avait déniché cette voiture d'occasion lors d'un Salon auto juste avant le confinement, en mars dernier. Arrivée à une centaine de mètres de l'école maternelle, les voitures sont déjà bloquées. Suzanne soupire.

D'habitude, c'est Mounia qui va chercher Louis à l'école. Journaliste à temps plein, Suzanne n'a jamais le temps de récupérer son fils au beau milieu de l'après-midi. Mais, depuis hier, Mounia s'est mise en quarantaine car son mari est positif à la Covid-19. Cela n'arrange pas Suzanne. Pourquoi faut-il que le mari de sa nounou continue sciemment, malgré les recommandations du gouvernement, de claquer la bise à chaque habitué qui pointe le bout de son nez au café dont il est le gérant ?

Quinze heures vingt, les enfants attendent leurs parents depuis cinq minutes. Suzanne se sent coupable d'être en retard, mais rien ne bouge dans la file de véhicules devant elle. En attendant, elle plonge la main dans son sac abyssal pour prendre son téléphone. Quatre messages non lus :

De : Marc
Je suis désolé
Pardonne-moi...
Pour Louis
Ne fais pas ça

Suzanne lève les yeux au ciel, les sourcils si froncés qu'on les croirait réunis. Le téléphone sonne. Une sonnerie tonitruante reprenant le dernier tube d'Amir. Elle hésite à décrocher, pose son doigt sur l'écran puis renonce à le faire glisser pour déverrouiller l'appel. Louis se morfond tout seul devant la grille de l'école. Il n'a rien demandé, lui. Le pied sur l'accélérateur, elle démarre un peu trop brutalement.

Octobre 2010 - Dix ans plus tôt

Marc s'avance d'un pas décidé dans la rue Charlemagne. Il vient d'entamer sa dernière année d'ingénieur civil. Il repense à cette fille qu'il a rencontrée la veille. Son colocataire avait organisé une soirée comme il en a connu des centaines. Âgé de vingt-deux ans, son enthousiasme pour ces nuits trop alcoolisées s'amenuise. Mais il n'a aucun regret d'avoir participé aux festivités d'hier, assis en face d'un ange blond aux yeux bleus auquel de petites lunettes rondes très fines donnent un air intello. Marc auquel était associée une image de pseudo-romantique, n'avait pu s'empêcher d'observer cette jeune fille qui lui jetait en retour un regard noir traversé d'éclairs. *La vache.* Il est accroché. Pas de chance, la fille du haut de son long corps famélique était dans un premier temps restée de marbre, ne daignant pas répondre à ses sourires insistants.

C'est pourtant à cette soirée que tout a commencé entre Marc et Suzanne. Leur dernière année à l'université, ils la passent collés comme des chiots.

Octobre 2020

Louis tient la main du surveillant. Il n'a pas l'habitude d'être le dernier dans la cour. En général, ce sont Gustave et Amélie qui attendent leurs parents longtemps après la sonnerie. Louis s'est même parfois demandé si les deux enfants ne dormaient pas dans l'école. À l'intérieur de la petite cabane en plastique qui se trouve dans le coin de leur classe. Louis avait pitié de ses camarades. S'il y a bien quelque chose qu'il déteste, c'est l'école !

Âgé de quatre ans, il ne comprend pas pourquoi Mounia est en retard, il a hâte qu'elle l'emmène, comme tous les jours, à la boulangerie située près de l'hôtel de ville pour acheter son petit pain à l'abricot. Ce rituel quotidien, ils avaient décidé de le garder secret. Mounia se régalait d'un appétissant chausson aux pommes, et dans la voiture, elle n'oubliait jamais de lui lancer un clin d'œil.

Louis se met à pleurer. Le surveillant ne pense qu'à rentrer chez lui regarder sa série pré-enregistrée. Il tente de réconforter l'enfant. Le petit ne coopère pas. Le surveillant renonce et laisse bouder dans son coin ce gosse de *bobos* pourri gâté, comme il aime à dire.

Soudain, il entend une femme appeler à l'aide d'une voix déchirée. Ce sont ensuite des cris d'horreur qui résonnent de toutes parts.

À quelques mètres de l'école, une foule de personnes s'agglutine autour d'une voiture blanche. Le corps d'un jeune homme est étendu par terre. Percuté par le véhicule, sa tête avait heurté violemment un tas de briques de béton amassées sur le trottoir pour des travaux sur la chaussée. Quelques personnes accroupies à ses côtés tentent en vain de pratiquer les premiers soins. Suzanne reste tétanisée, debout à côté de sa voiture. Aucun son ne sort de sa bouche. Elle ne se précipite pas auprès de la victime. Elle est déconnectée du monde. Elle ne réalise pas qu'elle vient de commettre l'irréparable. Une seconde d'inattention pour le prix d'une vie.

La panique l'envahit. Son cœur palpite et voudrait s'extraire de sa cage thoracique. Elle vomit son âme par terre et s'évanouit. Elle voudrait finir comme ce gamin. Là, sur le macadam.

Une main se pose sur le poignet de Suzanne. Ce contact charnel l'extrait de sa torpeur. Elle ouvre péniblement un œil pour le refermer aussitôt.

Plutôt se fondre dans le bitume, être engloutie sous terre. Disparaître.

* * *

— Réveille-toi Suzanne.

Le visage de Marc apparaît. Les lumières blanchâtres et les relents médicamenteux finissent par la ramener à la raison. Où est-elle ? Pourquoi le visage de Marc lui semble-t-il méconnaissable ?

— Qu'est-ce qui t'a pris ? C'était pourtant simple, pour une fois, de quitter ton bureau plus tôt pour récupérer Louis. Et même ça c'était de trop ! Mais comment on va faire, nous ?

La jeune femme comprend à peine ce que son compagnon lui reproche, tant l'effet des médicaments engourdit encore son esprit. Elle tente de se redresser en s'appuyant sur les barreaux métalliques qui encadrent son lit. Marc se dirige vers la fenêtre de la chambre et pose son regard au loin, dans le vide.

Un homme en blouse blanche apparaît derrière lui. Suzanne ne parvient pas à distinguer les traits de son visage. Elle discerne seulement le crâne dégarni d'un homme âgé. Le docteur Mathieu n'est pourtant pas un inconnu pour elle. Lors de la naissance de Louis le vingt-huit juin 2016, il s'était montré extrêmement présent. Louis né prématuré de deux mois, avait nécessité beaucoup de soins et d'attention. Le docteur Mathieu était toujours disponible pour répondre à leurs appels et tenter de calmer leurs inquiétudes. L'état de santé du petit était resté préoccupant pendant quelques jours mais s'était amélioré ensuite pour le plus grand bonheur de Suzanne et Marc. C'est pourquoi, chaque année, à la date d'anniversaire de Louis, le couple faisait livrer un bouquet de pivoines au médecin.

Il s'avance au chevet de Suzanne.

— Madame Bouvier, m'entendez-vous ? Vous avez subi un traumatisme extrêmement lourd. Il est normal que vous ne vous sentiez pas bien. L'important, désormais, est que vous sachiez me répondre, que vous m'entendiez.

Suzanne regarde l'homme dans les yeux mais ne le reconnaît toujours pas. Pétrifiée, dans un état second, elle entend ce qu'on lui dit mais elle n'intègre pas. Elle tourne la tête, ferme les yeux.

Marc se rapproche du docteur Mathieu et lui demande :

— Docteur, doit-on s'inquiéter de son état ?

— Non, ce sont les médicaments qui provoquent cet état léthargique. Elle devrait retrouver de la tonicité d'ici une heure. Je dois vous laisser, mes consultations m'attendent. Rappelez-moi si vous parvenez à faire parler madame Bouvier. Courage à vous et votre famille.

Soudain, Suzanne retrouve un semblant d'esprit et ouvre les yeux. Son fils. Elle veut savoir où est son fils. Elle devait aller chercher le petit Louis à l'école à quinze heures quinze. *Elle* devait l'emmener à la boulangerie de l'hôtel de ville. *Elle* devait lui donner son bain. *Elle* devait le mettre au lit. Suzanne imagine le pire. Son cœur se remet à battre la chamade. Elle tend la main vers Marc.

— Où est notre fils ?

Marc fait mine de ne pas entendre. Il saisit son portable et ne répond pas à la question. Son regard est fuyant. Parler constitue un effort surhumain pour Suzanne.

— Où est Louis ? Où est mon fils ? insiste-t-elle.

— Il est chez mes parents.

Elle se met brusquement à pleurer, pourquoi se trouve-t-elle à l'hôpital ? Des flashs lui reviennent. Son visage se fige en une grimace effrayante. Ça y est. Le puzzle se reconstitue. Elle roule pour arriver à temps à l'école, lorsqu'un jeune homme qui traversait la rue heurte le pare-chocs de sa voiture.

— Qu'ai-je fait Marc ?

Il ne répond toujours pas et s'éloigne à nouveau du lit. Suzanne cherche désespérément son regard mais il l'évite. Elle ne comprend pas son silence, pourquoi ne reste-t-il pas à son chevet ? À ce moment, elle pressent que plus rien ne sera comme avant.

— Dis-moi ce qui se passe. Tu ne peux pas me laisser comme ça.

— Le garçon que tu as renversé a eu une hémorragie cérébrale. Les médecins ont tout tenté mais — Marc reprend sa respiration — ils n'ont rien pu faire... Il n'a pas survécu.

Le choc est terrible et, au lieu de la soutenir, Marc lui assène sa décision de partir vivre quelque temps chez ses parents avec Louis.

— Il est important de préserver Louis. Et puis tu dois te reposer, lui lance-t-il. Cela te fera du bien à toi aussi.

Suzanne, défaite, constate qu'il prend ses distances mais ne parvient pas à réagir. La sensation qu'un poignard demeure enfoncé dans son ventre ne la quitte pas. Elle vient de tout perdre.

2

Été 2020

Marc et Louis jouent dans les vagues. Pour une fois, l'eau est chaude se dit Marc. Suzanne peine à entrer dans l'écume. La main de Louis l'entraîne. Le petit tient fermement ses deux parents et rit. Ses cris se font de plus en plus perçants. Il hurle d'excitation, rafraîchi par chaque vague qui le renvoie vers le sable. Marc et Suzanne rient aussi. Les autres nageurs plissent les yeux, crispés par les hurlements du gamin.

Malgré les restrictions sanitaires, le couple a pu profiter d'un appartement à la mer du Nord qui s'est libéré en *last minute*. Plage, moules, rires et tendresse résument bien les instants précieux de ce séjour.

Maintenant que le gouvernement lâche du lest, tout semble redevenir comme avant, pense Suzanne. La complicité du couple se lit sur leurs sourires. Des dames d'un certain âge, étendues sur leur transat, regardent avec des yeux amusés cette famille se chamailler, se lancer du sable.

Pour la fin du séjour, le couple téléphone à Mounia et lui demande si elle peut venir garder Louis tous les soirs jusqu'au retour à la maison.

— Ça nous sauverait vraiment si vous pouviez vous libérer Mounia ! Il y a tout ce qu'il faut à l'appartement et la journée, vous pourrez faire ce que vous voulez, promis !

Marc avait insisté et obtenu son dû.

— Oui, Monsieur Bertin. Je serai dispo, pas de souci Monsieur Bertin !

— Merci Mounia, vous êtes parfaite !

Marc se sentait libéré d'un poids : un fils chéri de quinze kilos mais qui lui demandait tant d'attention.

— Ah Monsieur Bertin, n'oubliez pas de me préparer une grosse cassolette de moules pour mon arrivée !

Marc raccroche, amusé. On ne la changera pas cette sacrée Mounia. Il pense malgré tout que sa dernière remarque était légèrement déplacée.

Marc et Suzanne profiteront de leurs soirées en amoureux. Marc adorait quand ils passaient leur journée à trois avec Louis, mais les moments seul avec Suzanne lui manquaient. Il voulait retrouver cette tension brûlante entre eux. Alchimie sexuelle trop souvent absente de leur quotidien depuis la venue de leur fils. Grâce à Mounia, Marc pourrait faire rire Suzanne. Ils mangeraient et boiraient jusqu'à l'ivresse dans les restaurants de la côte, puis ils finiraient complètement étourdis dans les bras l'un de l'autre.

3

La semaine suivant l'accident, Suzanne la passe cloîtrée entre les quatre murs de sa maison. Elle repense à cette journée à l'hôpital. Après la deuxième visite du docteur Mathieu, les policiers étaient venus l'interroger. L'enquête avait démarré, Suzanne était accusée d'homicide involontaire. Coupable. Elle voudrait tant visionner les images des caméras de surveillance présentes lors de l'accident, sur l'écran géant de son salon. Comprendre ce qui lui était passé par la tête. Qui était ce garçon ? Que faisait-il là ?

Elle a pleuré tous les jours depuis une semaine. Aujourd'hui, ses larmes se tarissent. Elle regarde le cadre photo posé sur la commode du salon. Un cliché de leurs dernières vacances à la mer lui arrache un sourire. Elle repense à cette période heureuse et se demande comment tout a pu lui échapper. Il lui vient soudain une certitude : sa vie avait déjà basculé bien avant l'accident...

La jeune femme passe au peigne fin tous les cadres qui ornent les murs de la maison. Mélancolie et nostalgie s'entremêlent. La naissance de leur fils. Les vacances en Espagne, l'été qui a suivi leur promotion. Le premier anniversaire de Louis.

Elle repense à Marc. Se dit qu'il est aussi

responsable de la situation. *Il* l'a déconcentrée avec ses sms intempestifs. *Il* croyait pouvoir se faire pardonner en la relançant tous les jours depuis quatre semaines.

Le téléphone sonne. La mère de Suzanne, Isabelle, veut prendre de ses nouvelles. Suzanne se force à converser quelques instants avec elle. Ses parents approchaient la quarantaine lorsqu'elle est née. Son père n'avait pas survécu à une crise cardiaque, alors qu'elle avait juste dix-huit ans. Du jour au lendemain, les deux femmes s'étaient retrouvées seules et démunies et Suzanne avait mesuré combien son père, pourtant si souvent absent, constituait le ciment de leur trio.

Isabelle s'était littéralement effondrée, après la mort de son mari, incapable d'apporter à sa fille le soutien dont celle-ci avait besoin. Plus Suzanne tentait de se raccrocher à Isabelle, plus celle-ci sombrait, augmentant chaque jour sa consommation de somnifères. Au fil du temps, l'alcool s'était lui aussi invité. Isabelle perdait alors la notion du temps et se montrait de plus en plus confuse. Suzanne n'avait pas supporté d'assister à la déchéance de sa mère, qui avait concordé avec son entrée à l'université. Elle s'était doucement éloignée et Isabelle n'avait pas tenté de la retenir.

Toutefois, sans frère ni sœur, Suzanne avait fait en sorte que sa mère ne manque de rien. Chaque vendredi elle lui rendait visite, remplissait le frigo et payait ses factures, mais elle ne s'attardait jamais. Elle menait sa vie de jeune adulte, avec la bonne conscience d'avoir *fait son devoir*.

Depuis l'accident, Isabelle l'appelait tous les jours. Autant pendant des années elle s'était si peu manifestée, autant son attitude avait changé depuis que sa fille était une *meurtrière.* Suzanne laissait sa mère faire. Isabelle jouait son nouveau rôle de maman poule, avec trente-deux ans de retard. Aujourd'hui, Suzanne a accepté qu'Isabelle vienne lui rendre visite. Elle arrive chez sa fille apprêtée comme pour se rendre à une soirée mondaine.

— Je t'ai apporté une lasagne, un hachis parmentier et des gnocchis. Il faut vraiment que tu manges Suzanne. Tu fais peine à voir !

— Je mange Maman.

— J'ai parlé avec ton père et on pense sérieusement que tu vas mal. Tu as tué quelqu'un mais ce n'est pas la fin du monde !

— Tu te rends compte de ce que tu dis là Maman ?

Suzanne n'est qu'à moitié surprise des propos de sa mère. À côté de la plaque, Isabelle oublie régulièrement la mort de son mari. L'espace de quelques secondes, Suzanne hésite à se confier à elle. Lui dire qu'elle n'en peut plus, que son angoisse l'empêche de respirer, de vivre. Qu'elle se sent terriblement coupable. Entendre sa mère la consoler comme un enfant, trouver les mots qui la rassurent et qui l'apaisent, ne fût-ce que pour un court instant...

Et pourtant Suzanne s'entend dire : « Merci d'être venue Maman, je vais bien, je préfère que tu rentres chez toi ».

Elle voit passer dans les yeux d'Isabelle une

lueur d'inquiétude. Peut-être de la déception. Suzanne n'en est pas certaine mais elle essaie d'écourter la conversation, tiraillée par des sentiments contradictoires. Elle doit bien reconnaître qu'elle apprécie, malgré elle, les attentions de sa mère, même si elle les trouve oppressantes et peu appropriées.

En rentrant dans sa villa située à quinze minutes de celle de sa fille, Isabelle décide de s'offrir un petit vin blanc pour se remonter le moral. Aujourd'hui, elle n'en prendra pas un second. Elle sent, au fond d'elle-même, que sa fille a besoin d'elle.

Après le départ d'Isabelle, Suzanne enfourne le plat de lasagnes machinalement. La visite de sa mère l'a perturbée, plus qu'elle ne le voudrait. Elle se sent seule. Les magazines, empilés sur la table du salon, ne l'intéressent pas. L'écran de la télévision est éteint et seuls quelques rires d'enfants provenant du jardin voisin viennent troubler le silence. Elle se lève et se dirige à l'étage. Elle entrouvre la porte de la chambre de Louis. Rien n'a changé depuis l'accident. Les peluches, alignées sur le lit, l'observent fixement. La scène est insupportable. Elle redescend quatre à quatre les escaliers, saisit son téléphone posé sur la table du salon et compose le numéro de Marc.

4

La vie familiale de Marc était à l'opposé de celle de Suzanne.

Cadet d'une fratrie, il avait toujours vécu collé à ses frères. Même si le temps les avait quelque peu éloignés, ils parvenaient à maintenir entre eux des contacts réguliers. Une particularité caractérisait le foyer de Marc. Le père, Jean, fervent catholique, avait décidé d'appeler ses quatre fils Mathieu, Luc, Paul et Marc. Suzanne, croyant à une plaisanterie, avait esquissé un sourire d'étonnement qui n'avait échappé à personne. Sa réaction n'avait pourtant pas gêné Jean. Il était habitué aux sarcasmes, alors que les prénoms de ses enfants étaient, en définitive, assez usuels pour l'époque.

Marc avait organisé la rencontre entre Suzanne et sa famille quelques mois après la fin de leur parcours universitaire. Suzanne trépignait d'impatience à l'idée de connaître ceux qui allaient, sans doute, faire partie de sa propre famille. Malgré sa timidité excessive, elle était parvenue à participer à la conversation naturellement.

S'exprimer en public avait toujours constitué une véritable épreuve pour elle. Les rares fois où elle y avait été confrontée, Suzanne avait eu la sensation de perdre pied. Paralysée par l'angoisse et le sentiment de ne pas être à la hauteur, elle sentait que son corps ne répondait plus. Les mains moites et le cœur prêt à exploser, elle bredouillait et ne parvenait pas à terminer sa phrase. Prise de panique, elle cherchait alors désespérément un regard approbateur au sein de l'assistance, priant intérieurement pour qu'un de ses interlocuteurs mette fin à son calvaire, en confirmant son propos ou en reprenant le sujet de la conversation à son compte. Il fallait alors de longues minutes pour que Suzanne retrouve son calme.

Consciente de cette timidité qui était devenue au fil du temps un véritable handicap, elle avait appris dès l'adolescence à développer des stratégies d'évitement. Afin de ne pas dépenser toute son énergie lors de ses prises de parole, elle mémorisait tout, surtout quand il s'agissait de réaliser un exposé. Elle répétait son texte devant sa glace, jusqu'à la perfection. Chaque phrase, chaque intonation accompagnée de la gestuelle appropriée devait être apprise au point de devenir un véritable automatisme. Elle pouvait alors affronter l'épreuve avec confiance. L'exercice était plus périlleux, voire impossible, lorsqu'il s'agissait pour Suzanne de participer à une discussion plus informelle. Dès que la conversation nécessitait une part d'improvisation, ses vieux démons la rattrapaient.

Suzanne avait alors trouvé dans l'écriture, un autre moyen de s'épanouir. Une fois son stylo ou son ordinateur en main, plus rien ne pouvait l'arrêter. En choisissant de devenir journaliste dans la presse écrite, elle avait trouvé l'occasion de s'exprimer et de faire valoir ses idées, sans devoir affronter, de manière directe, le regard et la pression des autres.

Dès leur première rencontre, Marc avait bien compris que Suzanne était en perpétuel conflit avec elle-même pour s'imposer en société. Elle avait besoin d'être rassurée en permanence. Cela ne le dérangeait pas. Au contraire, il aimait se faire le porte-parole de sa compagne : répondre à sa place ou recentrer la conversation sur sa propre personne. C'était l'occasion de raconter ses derniers exploits, avec la bonne conscience d'avoir sauvé Suzanne.

Les parents de Marc avaient accueilli Suzanne à bras ouverts, en toute simplicité, c'est comme ça qu'ils avaient élevé leurs quatre enfants. Suzanne s'était tout de suite sentie chez elle. C'était loin de tout ce qu'elle avait dû subir pendant son adolescence : dîners mondains, cocktails guindés, Marc ne connaissait rien de tout cela et n'éprouvait pas d'intérêt pour cette facette du passé de Suzanne. Au début de leur vie de couple, Suzanne avait pourtant tenté de corriger Marc sur sa manière de parler, son vocabulaire, en vain. Marc ne s'encombrait pas de mots compliqués qui *ne lui seraient jamais utiles*.

Entre les quatre frères, les temps libres s'étaient résumés, vingt années durant, à des parties de ballon. Foot, baseball, basket ; tout ce qu'il était possible de pratiquer en équipe, ils s'y adonnaient. Leur jardin sans charme se résumait à un bout de terrain, tout en longueur, flanqué à l'arrière de l'habitation. Il était néanmoins équipé de tous les accessoires nécessaires permettant aux garçons de s'entraîner. Les enfants n'avaient jamais causé de véritables soucis à leurs parents. Ils étaient faciles. Ils grandissaient ensemble, soudés. Les équipes se composaient naturellement : Mathieu l'aîné avec Marc contre Paul et Luc. Même quand les ados étaient partis pour l'université, le rituel dominical ne changeait pas. Jean et Agnès adoraient les regarder jouer ensemble, fiers de leurs enfants qui n'avaient pas succombé aux écrans « qui abrutissent les jeunes », lançait Agnès à Jean en plaisantant.

Suzanne avait pourtant assez vite compris que derrière cette image de famille unie et solidaire, des enjeux plus obscurs, remontant sans doute à l'enfance, se tramaient entre les quatre frères. Le rôle de chacun était déterminé à l'avance et à chaque réunion de famille, la même scène, immuable, se rejouait. Elle s'étonnait de l'attitude de Marc qui monopolisait la conversation, interrompait les uns et les autres et ne ratait jamais une occasion de se mettre en évidence. Ses frères le laissaient parler, sans même essayer de le contrer et affichaient un petit sourire dans lequel Suzanne croyait déceler une pointe de condescendance. Sa perplexité n'avait pas échappé à Agnès. Lors d'une fête organisée pour l'anniversaire de Marc, celle-ci avait proposé à Suzanne de faire le tour du jardin à l'issue du repas. Elle lui avait alors confié :

— Je vois bien que tu es parfois étonnée de l'attitude de Marc. Il prend beaucoup de place mais il n'a pas toujours été comme ça. Durant son enfance et son adolescence, il vivait mal le fait que ses trois frères étaient des élèves brillants qui forçaient l'admiration de leurs professeurs. Lui était plus besogneux et avait même redoublé sa deuxième année, suite à des problèmes de dyslexie. Il manquait de confiance en lui.

Suzanne écarquille les yeux :

— Marc n'a pas confiance en lui ? J'ai du mal à l'imaginer.

— Si, je t'assure, et la situation ne s'est pas arrangée lorsque Mathieu, Luc et Paul ont tous les trois décroché, à la fin de leurs études, des postes à haute responsabilité.

— Mais Marc a l'air épanoui dans son travail.

— Sans doute mais je pense qu'il se sent relégué, malgré son diplôme, au rang de simple « commercial ». Nous en avons beaucoup discuté avec Jean. Selon nous, cela fait des années qu'il tente de compenser son sentiment d'infériorité, en se mettant en avant. Il aime imposer ses vues, séduire ses interlocuteurs, les accaparer voire même prendre l'ascendant sur eux. Il ne supporte pas qu'on lui résiste. Je ne sais pas si je devrais te le dire mais à l'âge de quatorze ans, il s'était amouraché d'une camarade de classe. Tout de suite, il s'est montré possessif. Il n'était pas question que quelqu'un d'autre s'approche ou convoite cette jeune fille. Sa jalousie a fini par la faire fuir. Marc ne l'a pas supporté et a mis de longues semaines à s'en remettre. Si je te dis tout cela aujourd'hui, ce n'est pas pour que tu le juges mais c'est pour que tu puisses le comprendre, toi aussi.

Les confidences d'Agnès avaient mis Suzanne mal à l'aise. Elle les trouvait déplacées, impudiques même. Marc lui plaisait tel qu'il était et elle appréciait leur complémentarité. Son ouverture aux autres, sa jovialité, son impétuosité alors qu'elle est d'un tempérament plus calme, réservé. Peu lui importait, finalement, que le caractère de son compagnon se soit forgé sur des bases fragiles, une faille peut-être enfouie dans le temps. L'idée que sa propre personne accapare l'esprit de Marc n'était pas pour lui déplaire. Elle aimait Marc et il l'aimait. Le reste n'avait pas d'importance.

5

Suzanne tente à nouveau d'appeler Marc mais il ne répond pas. Elle souffle et s'enfonce de quelques centimètres supplémentaires dans son canapé. Et si elle contactait Mounia ? Peut-être Marc lui a-t-il téléphoné dernièrement. Ainsi, Suzanne parviendrait à savoir comment se porte son fils. Sa raison d'être. Dorénavant, son unique raison d'être.

— Allo ?

— Bonjour Mounia, je vous appelle pour savoir si vous avez des nouvelles de Louis.

Suzanne a soudain envie de fondre en larmes, consciente de son sort. Elle se reprend. Un « oui ils vont bien » la soulagerait déjà. Mais Mounia n'est au courant de rien et n'a pas de nouvelles de Marc ni du petit Louis depuis l'accident.

Suzanne se sent désespérée et désarmée. Demain, elle doit se rendre au commissariat. Les policiers souhaitent revenir sur sa déposition. La boule au ventre, elle appréhende ce moment qui la confrontera de manière abrupte à la réalité.

À présent, tout le monde était au courant du drame. Le soir même, les chaînes d'information avaient diffusé les images de l'accident. Des collègues de Suzanne, attachés au département faits divers, s'étaient rendus sur place. Ils avaient eu l'occasion d'interviewer de nombreux témoins, choqués par ce qui venait de se produire. Suzanne avait passé sa semaine à revoir tous ces reportages, à accumuler le moindre article dans les journaux pour savoir ce qu'on écrivait sur elle.

En réalité, les articles n'étaient pas si accablants. Ce n'était pas sur Suzanne que les projecteurs étaient braqués... mais bien sûr la jeune victime.

Thomas, vingt ans, mort sur le coup. Les journalistes mettaient l'accent sur la malchance du jeune homme. Son crâne avait percuté avec force des blocs de béton, il aurait sans doute survécu s'il n'était pas mal tombé.

Suzanne reprend le papier qui parle de la victime. Une photo de Thomas y figure. Le jeune homme blond vénitien y est vêtu d'un t-shirt noir avec un logo imprimé sur le torse. Elle fond en larmes puis se remet à lire. Le garçon qui se dirigeait vers l'arrêt de bus avait sans doute manqué d'attention quand la voiture l'avait percuté. Le journal ne dit pas d'où Thomas débarquait mais il mentionne le casque audio vissé sur les oreilles du jeune garçon. Suzanne tente de se rassurer en se disant que la victime n'était donc pas aussi attentive que ce qu'on pouvait le supposer. Elle se sent odieuse de le penser, elle sait que cela n'excuse rien ! C'est elle qui a causé l'accident et elle s'en veut tellement. Si elle avait été la mère de Thomas, il est certain qu'elle aurait voulu se venger sur la personne responsable d'un tel drame.

Suzanne continue pour la énième fois la lecture du fait divers. Thomas vivait chez ses parents. Il n'était pas allé à l'université. Apparemment, son père, pisciniste, lui demandait souvent un coup de main sur les chantiers à la haute saison. Suzanne ne saisit pas vraiment la pertinence de cette information. Néanmoins, elle comprend qu'elle ne pourra pas guérir sans apprendre à connaître ce garçon.

Faire la connaissance d'un mort, de celui qu'on a tué pour qu'elle-même puisse vivre. C'est l'ironie du sort. Suzanne commence à disjoncter. Elle ne sait plus quoi penser. Tout se mélange dans son esprit ; que faisait-il là ce Thomas ? Pourquoi ne l'avait-il pas vue arriver ? Suzanne souffre trop pour poursuivre ses ruminations. Elle cherche à se donner le moyen de se pardonner mais au fond d'elle-même, elle sait qu'elle n'est pas encore prête.

Sur les conseils du docteur Mathieu, Suzanne avait pris rendez-vous chez un psy. Elle l'a rencontré à trois reprises. Elle n'est pas dupe, le travail sera long. Elle ressort épuisée de chacune de ses séances. Persuadée de ne pouvoir se débarrasser de sa propre souffrance et de son sentiment de culpabilité. Le thérapeute la recentre toujours sur la même question qui dérange Suzanne, en son for intérieur.

— Suzanne, voulez-vous aller mieux ?

— Évidemment ! Mais je crains que cela ne soit impossible...

— Êtes-vous *décidée* à aller mieux ?

Suzanne s'inquiète car elle pressent que cette question essentielle nécessitera de sa part, un engagement à s'ouvrir à l'autre. À ce stade, elle n'en est pas capable, ce qui la ramène à ses fragilités.

— Je crois que nous avons assez parlé de l'accident et de l'angoisse qu'il suscite chez vous. Pour notre prochaine séance, je souhaiterais que vous réfléchissiez à quelque chose... Je voudrais que vous posiez une action qui, bien qu'étant en lien avec l'accident, vous décale de votre douleur.

— Je pense que je comprends où vous voulez m'amener...

— Je suis certain, en effet, que vous le savez.

— Je pense que je dois rencontrer la famille de Thomas.

— Pourquoi ?

— Parce qu'il faut que je parle avec eux... de leur fils et de leur souffrance. Ils doivent savoir combien je m'en veux, sans que ma propre culpabilité ne vienne envahir leur profonde tristesse. Je ne suis pas sûre d'y arriver.

Après avoir repensé encore et encore à cette discussion, Suzanne va prendre l'air, elle a besoin de marcher. La fraîcheur d'octobre la saisit immédiatement lorsqu'elle franchit le pas de la porte.

Arrivée au bout de l'allée, elle aperçoit quelque chose d'anormal. Une sorte d'objet, qu'elle n'identifie pas, se balance. Suzanne se rapproche et découvre un rat mort accroché à sa boîte aux lettres. Une odeur nauséabonde accompagne cette vision d'horreur. Le rat est sectionné en deux et du sang s'échappe du corps de l'animal. Suzanne bondit en arrière, trébuche sur une racine et se rattrape de justesse. Ce n'est pas le dégoût qui l'envahit, mais une panique qui s'empare de tous ses membres et la laisse sans voix, haletante. Elle étouffe un sanglot. Qui a pu faire cela ? Pourquoi une telle mise en scène ? Pour lui faire peur ? Il faudra de longues secondes avant qu'elle ne fasse volte-face et parvienne à quitter les lieux, persuadée d'être suivie. Elle arrive essoufflée devant le domicile de ses parents. Ce n'est qu'une fois à l'intérieur que sa respiration reprend doucement son cours normal. Elle se sent protégée par les murs de cette maison d'enfance. Rien n'avait changé depuis qu'elle y avait grandi et l'avait quittée. Dans la salle à manger, elle découvre sa mère endormie sur une chaise.

— Maman, maman réveille-toi !

Suzanne aperçoit la bouteille de chardonnay vide à côté du corps somnolent. Sur la table, sont posés deux verres ballon. Suzanne est surprise, sa mère avait-elle eu de la visite ce soir ? Puis, elle se rappelle qu'Isabelle prenait souvent pour habitude de placer un verre à côté du sien en souvenir de son mari. Elle avait dû s'assoupir, bercée par cette soirée enivrante.

La préoccupation première de Suzanne n'est pas le problème d'alcool de sa mère mais bien ce rat pendu devant chez elle. Elle en frissonne encore. Isabelle ouvre les yeux, étonnée de voir sa fille.

— Ma chérie, je ne t'attendais pas.

— Maman, j'ai reçu une étrange menace... Il faut que tu m'aides !

— Qu'est-ce que tu racontes ? Tu n'as pas les

idées claires en ce moment. C'est normal après avoir vécu un tel événement.

— C'est toi qui n'as pas les idées claires !

Suzanne est excédée que sa mère minimise ses propos. Elle qui d'habitude veille à rester polie avec ses interlocuteurs, ne prend pas de pincettes avec sa mère. Elle a toujours osé lui dire en face ses quatre vérités. Il n'y avait qu'avec Marc et Isabelle qu'elle osait s'emporter, débarrassée de toutes conventions sociales.

Ce soir, Suzanne veut que sa mère l'aide à mener l'enquête. Elle enlève sa veste et pose son sac sur la table.

Isabelle sort doucement de sa torpeur tandis que sa fille lui explique concrètement ce qu'il vient de se passer, en insistant sur le caractère urgent de la situation. À la fois effrayée et comme revenue à la vie, Suzanne réfléchit tout haut à la potentielle provenance de ce rat !

Isabelle tente de la calmer. Pour elle, il n'y a pas de quoi s'inquiéter. Des jeunes qui font des mauvaises plaisanteries, on en voit tous les jours. Donc, tant que les signaux ne se réitèrent pas, il faut rester zen.

— Tu entends Suzanne ? Si cela ne se renouvelle pas, il n'y a pas besoin de monter dans les tours. Essaye de rester zen au lieu de toujours t'angoisser !

Suzanne comprend qu'elle devra avancer seule. Recevoir des menaces sous une forme de sacrifice animal ne devrait pas la surprendre, elle venait quand même de tuer quelqu'un ! Certains reçoivent de telles provocations pour bien moins. Et pourtant, son quartier est réputé comme l'un des plus calmes de la ville. Un entrelacement de ruelles où la majorité des habitants sont des personnes âgées qui font leurs courses tôt le matin pour éviter la cohue des supermarchés à l'heure de pointe. Des grands-parents, qui préparent des gâteaux à longueur de journée, impatients de recevoir la visite de leurs petits-enfants le mercredi après-midi.

Suzanne ne parvient pas à choisir entre l'affolement et l'indifférence. Pour le moment, elle n'est pas en danger et doit tenter de grimper cette pente qui la mènera vers la sortie des ténèbres. Déterminée à prendre son courage à deux mains, elle embrasse sa mère et prend congé.

De retour chez elle, elle s'empare de ses gants de jardinage et va chercher, sur la petite table du hall, un masque chirurgical. Ce soir, il lui est bien utile, voire indispensable. Elle l'enfile et sort décrocher le rat malodorant de sa boîte aux lettres. Le masque forme une barrière entre la bête et elle. La puanteur de l'animal traverse cependant le tissu et Suzanne est prise subitement d'un haut-le-cœur. Une fois le rongeur en main, elle le jette dans le sac à ordures. Et voilà, il n'y avait pas de quoi paniquer se dit-elle. Suzanne tente de se convaincre qu'à présent, la menace est derrière elle...

Au moment où elle se débarrasse de son masque, elle se remémore, avec amusement, le jour où l'agent communal s'était présenté à son domicile pour les lui apporter, à l'époque où ils étaient tant réclamés par la population.

N'attendant personne, elle n'avait pas osé lui ouvrir lorsque la sonnette de la porte d'entrée avait retenti. Mal lui en avait pris, elle avait dû faire une file d'une demi-heure pour aller les chercher elle-même à la maison communale !

— Ça t'apprendra à te méfier de tout le monde, lui avait lancé Marc en rigolant.

6

Les réelles tensions entre Marc et Suzanne avaient débuté après un dîner en septembre dernier chez leurs amis. Louis venait de rentrer à l'école cette semaine-là. Mis à part ses pleurs récurrents, la famille se portait bien...

Septembre 2020

Le premier jeudi de septembre, Marc reçoit un message d'Alexandre, un de ses meilleurs amis de l'université.

Dîner chez nous samedi soir ? Louis est le bienvenu.

Il y a longtemps qu'ils ne sont plus allés dîner chez des amis comme de vrais adultes, se dit-il.

OK pour samedi ! Merci mon beau...

Suzanne est ravie à l'idée de passer une soirée en petit comité, au calme. Malgré sa vie à cent à l'heure avec son fils et son métier, elle n'a pas une vie sociale très animée... Depuis qu'elle est diplômée, elle s'est éloignée de ses anciennes copines. Ses seules sorties se limitent à suivre Marc de temps en temps, dans ses virées improvisées. Elle préfère, de loin, les dîners conviviaux aux soirées dans les bars jusqu'à la fin de la nuit. Le jeune homme lui, est ancré dans un réseau tentaculaire d'amis. Il occupe la place de leader dans son groupe composé d'une dizaine de copains. Ils sont presque tous casés avec une compagne. Marc sait pourtant que c'est lui qui a remporté le gros lot. Suzanne, si éblouissante, attire toujours les regards de ses amis quand elle entre dans une pièce. Elle est élancée, très grande et, si elle n'a pas beaucoup de forme, elle se démarque des autres par son allure distinguée. Suzanne porte des tenues noires, tous les jours sans exception. Ses lunettes rondes font aussi sa particularité. Mais ce soir, Suzanne a décidé de porter ses lentilles. Elle a également eu la main plus lourde que d'habitude sur le maquillage. Le bleu de ses yeux est accentué par un léger trait de khôl noir. Elle a peint sa bouche d'un rouge sang.

Arrivés chez Alexandre et Charlotte, les deux couples d'amis s'installent dans le salon. Alex sert de généreuses coupes de champagne à ses convives. Pour Louis, ce sera un soda sans sucre. Suzanne surveille la consommation de sucre de son fils, consciente des conséquences que peut entraîner tout excès sur sa santé.

Marc et Alexandre ont fait un effort sur leur chemise. Marine pour Marc, blanche pour Alexandre. C'est Charlotte qui l'a choisie. Alexandre se donne beaucoup de mal pour soigner son apparence, mais il garde un air poupin. Complexé par son physique, il cherche en permanence la reconnaissance de ses amis, soucieux qu'on lui accorde de l'intérêt.

Charlotte, plus sûre d'elle, est une jeune femme qu'on qualifie de décidée. Qualité que Suzanne lui envie. Ce soir, elle arbore une robe bordeaux légèrement décolletée avec des bas résilles de la même couleur. De taille moyenne, elle est dotée d'une poitrine voluptueuse et de hanches un peu larges. Son sourire accueillant attire immédiatement la sympathie de ses interlocuteurs.

Une fois à table, l'alcool continue de couler à flots. Alexandre a suivi pendant le confinement des cours d'œnologie en ligne qui lui ont valu l'obtention d'un brevet dont il est très fier. Charlotte qui arrive cachée derrière son immense plat de boulettes sauce tomate, demande de l'aide car la chaleur de la cassolette commence à lui brûler les mains. Maintenant elle crie :

— Alex vite, mets un dessous-de-plat !

— Oui oui chérie. Deux secondes.

Alex obéit fiévreusement aux ordres de sa femme.

— C'est bien le chien-chien à sa maman !! lance Marc d'un ton moqueur.

— Pourquoi tu dis ça toi ? Alexandre rit jaune, vexé par la remarque de Marc.

— Pour rien, je dis juste que tu ferais un putain de chien ! ou une chienne ! Tu ne trouves pas Suzanne ?

— Mais Marc, qu'est-ce qu'il te prend ? répond Suzanne effarée.

Elle ne tolère pas le langage grossier de Marc. Elle sait que dans un environnement familier, il peut aller trop loin comme s'il n'avait plus aucun filtre. Ce n'est pas la première fois qu'il franchit la ligne rouge. Que cherche-t-il, se demande parfois Suzanne : à montrer qu'il n'a peur de rien ou qu'il peut tout se permettre ? Il y a deux ans, il avait fait un esclandre au restaurant car il reprochait à Alexandre de passer trop de temps avec Thibault, un autre ami de la bande. Alex avait dû se justifier et expliquer pourquoi il était allé jouer plusieurs fois au padel avec Thibault sans proposer à Marc une partie. Une dispute de gamins, au final vite arrangée. Alexandre s'était excusé, il ne voulait pas rester en conflit avec son ami. Suzanne avait eu honte de la réaction disproportionnée de Marc. Que peut-il ressentir lorsqu'il s'aventure dans pareils excès ?

Les hommes ne parlent plus et savourent la recette de Charlotte, l'orage semble passé, Suzanne tient à y contribuer :

— C'est vraiment délicieux Charlotte ! Louis a l'air d'adorer ça aussi !

Elle avait passé les dix premières minutes à découper la boulette de Louis en des millioniièmes de millimètres pour être sûre que le petit ne s'étouffe pas. Quand elle s'est attaquée à son plat, la sauce avait déjà refroidi. Mais elle s'en moquait.

Sans réagir à ce que Suzanne vient de dire, Alexandre s'adresse à Marc :

— Alors Marc, à quand la prochaine soirée au Saint Eloy ?

Marc ne semble pas pressé de répondre à la question, d'apparence pourtant anodine.

Le Saint Eloy est un bar qu'on peut qualifier de « branché ». Il bat son plein chaque vendredi et samedi soir. Suzanne s'y rend rarement, craignant d'être la seule femme présente et la plupart du temps, elle invente un prétexte pour s'éclipser après quelques verres.

Marc finit par répondre prudemment à la question d'Alexandre :

— On pourrait y aller tous les quatre vendredi prochain pour fêter l'anniversaire de Charlotte.

La conversation se poursuit dans une ambiance détendue, Charlotte propose quelques fromages achetés le matin même à l'épicerie fine du quartier. Pour Alexandre, c'est l'occasion rêvée d'offrir sa meilleure bouteille de bourgogne. Il la conserve, depuis plus de trois ans, dans sa cave dont il vante la température et le taux d'humidité parfaits. Marc accepte de le suivre à la recherche de la précieuse bouteille de Mercurey tandis que Charlotte déballe ses fromages dans la cuisine. Soucieuse de se rendre utile, Suzanne se met à débarrasser la table et à empiler les assiettes sales. Alors qu'elle se dirige vers le hall qui sépare la cuisine de la salle de séjour, elle entend les pas de Marc et d'Alexandre qui remontent l'escalier. Alexandre s'arrête à mi-parcours et s'adresse à Marc sur le ton de la confidence :

— Dis, ce n'est pas sérieux entre vous ? L'autre soir encore vous sembliez bien accrochés.

Alexandre s'est exprimé à voix basse mais Suzanne l'a entendu distinctement. Son sang se glace et ses oreilles se mettent à bourdonner.

Elle happe Marc dès son arrivée dans le hall, tandis qu'Alexandre et Charlotte rejoignent la salle à manger. Suzanne veut le coincer, l'empêcher de se débiner et de s'en sortir. Elle attaque, espérant au fond d'elle-même qu'il s'agit d'une blague :

— J'ai tout entendu, de qui Alexandre parle-t-il lorsqu'il te demande si c'est sérieux entre vous ?

— Quoi ? Mais non, tu as mal entendu. Il ne m'a jamais demandé cela.

Marc feint la décontraction mais Suzanne perçoit qu'il a le souffle court, ce qui trahit chez lui un début d'affolement.

— Marc, tu me le dis maintenant ou nous demandons tous les deux à Alexandre ? Tu me trompes depuis combien de temps ?

La voix de Suzanne se veut assurée. Marc, pris de cours, s'enfonce dans son mensonge, ne cessant de répéter :

— Tu es folle ! Avec Alexandre, nous avons parlé « vin» et rien d'autre. Pourquoi tu t'inquiètes ?

C'en est trop pour Suzanne qui, échauffée par la mauvaise foi de son compagnon, est bien décidée à ne pas capituler. Elle emmène Marc, presque de force, dans la salle à manger où les attendent Alexandre et Charlotte avec des yeux interrogateurs.

— Et alors les amis, vous faites bande à part ? lance Alexandre qui pressent un danger.

— Pas la peine de te forcer Alexandre ! J'ai clairement entendu la question que tu as posée à Marc en remontant de la cave. De qui parlais-tu, Alex, quand tu lui as demandé si c'était sérieux ? Il ne veut pas me répondre, alors je te le demande à toi.

Marc tente d'intervenir pour faire taire

Alexandre. Mais la question de Suzanne est habile et laisse peu de choix à ce dernier.

— Je ne sais pas Suzanne, ça ne me regarde pas, ce ne sont pas mes affaires. Je vous aime tous les deux, bredouille Alexandre, les joues couperosées par l'alcool et le stress qui l'envahit.

— Si tu as posé une telle question à Marc, c'est que tu t'intéressais au sujet non ?

— Arrête Suzanne, intervient Charlotte. Tu te trompes d'ennemi. Si tu as des questions à poser, et je ne suis pas certaine que ce soit le bon moment, c'est à Marc que tu dois t'adresser, et à lui seul !

Charlotte a raison et Suzanne le sait. Le rappel à l'ordre de son amie la déstabilise. Elle se tourne vers Marc d'une voix moins assurée :

— Alors Marc ?

— Ce n'est pas ce que tu crois. Je n'aime personne d'autre que toi, tu le sais bien.

— Mais je ne te demande pas si tu m'aimes, je veux savoir avec qui tu m'as trompée. Si je comprends bien, tout le monde est au courant sauf moi ?

Suzanne perd pied. Sa voix prend le ton plaintif d'une petite fille, ce qu'elle déteste par-dessus tout. Surtout ne pas en arriver à supplier Marc, de surcroît devant ses amis. Pour couper court, Marc décide de lui donner une explication.

— Vendredi dernier j'ai rencontré une fille, une relation d'un soir, rien de plus, je te le promets.

Marc s'attend à une réaction de Suzanne mais rien ne vient, l'obligeant à en dire davantage :

— Je ne l'ai plus revue et nous n'avons entretenu aucun contact depuis. J'avais beaucoup trop bu et j'ai déconné.

Suzanne n'aperçoit pas Charlotte qui vient s'asseoir à ses côtés et passe son bras autour de ses épaules. Cette fois, elle ne veut plus rien entendre. Elle a froid et jette un regard sur Louis qui dort profondément, la bouche entrouverte, serrant dans ses bras les deux peluches qu'il s'était décidé à emporter après une longue hésitation.

Il est vingt-deux heures trente et tout le monde se tait. La bouteille de Mercurey qui n'a pas été débouchée, trône sur la table et n'intéresse plus personne.

Suzanne et Marc se lèvent sans s'adresser un regard. Ils rassemblent machinalement les affaires de Louis et se dirigent vers la porte d'entrée. Charlotte les accompagne et glisse à l'oreille de Suzanne :

— Courage ma chérie, je t'appelle très vite.

Durant le trajet du retour, Suzanne oscille entre la colère et l'abattement. Il ne peut s'en tirer comme cela. Elle ose finalement une question qu'elle regrette aussitôt :

— Je ne te suffis plus, Marc ? Sois sincère avec moi.

La réponse fuse, prévisible. Une aubaine pour Marc qui croit pouvoir rassurer Suzanne :

— Mais bien sûr que si, tu es la seule qui compte pour moi. La seule avec qui je veux vivre et construire une famille.

— Tu n'as pas compris ma question. Je te demande pourquoi tu as ressenti le besoin de coucher avec une autre.

— C'est toi qui ne comprends pas. Je te parle d'un coup d'un soir, sans conséquence aucune pour notre couple, une erreur, un énorme raté. Tu ne peux pas tirer un trait sur notre histoire. Pense à Louis.

C'est la phrase de trop pour Suzanne. Marc a touché le point sensible volontairement. Elle ne supporterait pas de faire souffrir Louis et il le sait. La voiture s'immobilise juste en face de la maison. Elle se dépêche pour entrer la première avec Louis dans les bras, monte à l'étage, fonce dans sa chambre et le dépose, toujours endormi, dans son lit. Elle redescend ensuite à la buanderie pour prendre un matelas qu'elle parvient à traîner jusqu'à la chambre de son fils et l'installe juste à côté du petit lit. À ce moment, Marc passe la tête dans l'entrebâillement de la porte :

— Tu ne vas quand même pas passer la nuit ici, je vais dormir sur le canapé du salon.

Faire bloc avec Louis, à deux contre un, c'est le seul moyen, dérisoire, qu'elle trouve à ce moment pour punir Marc. Lui faire peur. Peur de perdre les deux êtres auxquels il affirme être le plus attaché.

Couchée à même le sol, Suzanne sait qu'elle ne trouvera pas le sommeil avant de longues heures. Demain il faudra discuter avec Marc, réfléchir, prendre peut-être des décisions qu'il faudra ensuite assumer. Alors qu'elle est en proie à ses ruminations et se retourne sur son étroit matelas, elle entend, provenant de la chambre voisine, la respiration de Marc, lente et régulière. Il s'est endormi.

Le lendemain, Louis découvre sa mère couchée à ses côtés. Il la fixe, la tête inclinée, étonné. La honte envahit Suzanne. Durant quelques secondes, elle reste engluée dans une torpeur poisseuse qui l'empêche de se lever. Louis a faim et demande s'il est l'heure du petit-déjeuner. Il a sa mine des mauvais jours, ses deux petits sourcils froncés. La journée va être difficile.

Ils descendent ensemble, main dans la main. Arrivés à la dernière marche, Louis se précipite dans les bras de Marc, déjà dans la cuisine. Les muscles de Suzanne se crispent mais elle ne laisse rien paraître. Marc s'active aussitôt pour dresser la table. En un tour de main, le bol de céréales est prêt et Marc y verse le lait qu'il a pris soin de tiédir quelques secondes dans le four à micro-ondes.

Suzanne se sent de trop. Cette scène de la vie quotidienne l'irrite. Elle n'a pas faim et refuse de s'attabler. Elle n'a qu'une idée en tête, reprendre le fil de la conversation interrompue la veille. Matraquer Marc de questions en sachant déjà que les réponses ne l'apaiseront pas. Elle est blessée et se sent salie mais elle a besoin de savoir. Identifier sa rivale. Chercher à comprendre l'inexplicable.

C'est l'heure de l'émission préférée de Louis : un documentaire animalier qui présente chaque dimanche la vie d'un animal différent. Louis est très excité car aujourd'hui le reportage est consacré au singe.

Suzanne en profite pour se rapprocher de Marc qui termine son deuxième café :

— Il faut qu'on parle, Marc. On ne peut pas rester comme ça. J'ai besoin de savoir.

— Que veux-tu savoir de plus ?

— Je veux savoir qui c'est, si je la connais et comment tu l'as rencontrée.

— Vraiment, je m'en veux terriblement. On est arrivé au Saint Eloy après le match, en ayant déjà bien bu. À la table d'à côté, un groupe de jeunes filles fêtait un anniversaire. Je me suis retrouvé à la droite de l'une d'entre elles. On a recommandé à boire et c'est comme ça que ça a commencé. Elle est beaucoup plus jeune que moi et je ne me souviens même pas de son prénom. Je voudrais revenir en arrière. Je suis désolé, pardonne-moi. Je sais que tu ne me croiras pas mais c'est la vérité.

— Tu as tout gâché et je ne pense pas que je vais pouvoir te pardonner. Tu m'as trahie alors que je t'ai toujours fait confiance. Pire, tu m'as humiliée.

Il est dix heures trente. Marc avait promis à ses parents de venir les aider à rentrer le mobilier de jardin dans le garage.

— Je peux très bien reporter pour rester avec toi.

— Fais ta vie Marc. Je préfère rester seule, je n'ai pas besoin de toi.

Après le départ de Marc, Suzanne n'a qu'une obsession : trouver des indices qui lui permettent d'identifier cette femme qu'elle déteste déjà. Elle se met à fouiller dans les affaires de Marc : manteau, poches de costume et vieux tickets de caisse qui s'entassent sur son bureau. Elle renonce à poursuivre. À quoi bon ? La trahison est consommée, sans retour en arrière possible.

Comment cet homme qui s'était donné tant de mal pour la conquérir avait-il pu la tromper ? Lorsqu'ils s'étaient mis à se fréquenter de plus en plus à l'université, c'est elle qui semblait la plus indifférente. Elle était très attirée par Marc mais ne voulait pas précipiter les choses. Si bien qu'il avait fallu des semaines, voire des mois avant de mettre un nom sur leur relation. Suzanne est nostalgique de cette époque insouciante. Aujourd'hui, elle est meurtrie et incapable de prendre la moindre décision. C'est trop tôt. Elle sait que ses choix risquent de chambouler tout ce qu'elle a construit et qui la sécurise : Louis, la famille, la maison.

Une seule chose est sûre à ce stade : elle ne parlera à personne de l'adultère de Marc. Pour protéger Louis. À son âge, il est déjà si sensible. Ses pleurs ont toujours tourmenté Suzanne qui avait consulté plusieurs pédiatres. Le constat était toujours le même. Louis est un petit garçon qui a besoin d'attention et d'être rassuré en permanence. Il était impossible d'établir un lien entre ce trait de caractère et sa naissance prématurée. Suzanne avait ressenti un choc en apprenant qu'il n'y avait pas de traitement qui puisse soulager Louis de son émotivité. Et depuis lors, elle se coupait en quatre pour être présente, le plus possible, aux côtés de son fils. L'idée que cette révélation vienne, un peu plus encore, le déstabiliser n'est pas imaginable. Alors oui, elle a décidé de n'en parler à personne.

Au fil des jours, la vie reprend. Suzanne n'oublie pas mais elle a pris sa décision. Elle veut donner une seconde chance à son couple et n'a pas l'intention de quitter Marc. Son incartade d'un soir l'a dévastée et elle sait que plus rien ne sera comme avant. Peut-être a-t-elle, elle aussi, trop souvent abandonné Marc à ses sorties, en refusant de l'accompagner. Elle invoquait toujours une bonne excuse pour rester à la maison. Bien souvent, c'était l'absence de baby-sitter, alors qu'elle n'avait pas pris la peine de chercher.

Et puis Marc est l'amour de sa vie. Suzanne ne peut concevoir une rupture qui viendrait tout bouleverser. Elle n'en sortirait pas indemne. Depuis plus de dix ans, Marc contribue à son ancrage dans une vie qu'elle aime et qui la rassure. Elle est prête à lui pardonner mais elle ne lui a rien dit. Elle prend sa revanche en le laissant dans l'incertitude.

Durant les semaines qui suivent, Marc tente de se racheter, multipliant les attentions. Il est de retour chaque jour à dix-sept heures tapantes. L'ampoule du hall défectueuse depuis deux mois est remplacée, le linge propre est trié et rangé dans les placards et Louis a pris son bain lorsque Suzanne rentre du bureau vers dix-huit heures. Marc prend soin d'animer la conversation. Il s'enquiert de sa journée et lance prudemment des projets pour les prochaines vacances.

La jeune femme se plaît à lui rappeler, régulièrement, qu'elle n'a pris aucune décision quant à leur avenir. À chaque fois, Marc se montre alors plus insistant et envahissant. Textos à toute heure de la journée, appels téléphoniques, Suzanne veille à le tenir à distance. Il lui arrive même d'être excédée lorsqu'il en fait trop.

7

Octobre 2020

Suzanne se rend au commissariat où l'attendent deux policiers, postés derrière leur bureau.

— Je vous en prie Madame Bouvier, asseyez-vous.

— Alors voilà, nous vous avons convoquée aujourd'hui pour que vous nous confirmiez vos déclarations. Nous comprenons que cela doit être très douloureux pour vous mais pouvez-vous nous raconter à nouveau ce qu'il s'est passé le jour de l'accident ?

Suzanne saisit le verre posé devant elle et avale une grande gorgée d'eau.

— Je devais aller chercher mon fils à l'école. J'étais très pressée car j'avais été retenue au travail.

Un des deux policiers l'interrompt :

— Madame Bouvier, quelle est votre profession ?

Suzanne ne saisit pas l'intérêt de la question et sa voix se met à trembler.

— Je suis journaliste depuis une petite dizaine d'années au département écrit de la chaîne de télévision *Télé 1*.

Les policiers ne réagissent pas et ne prennent

aucune note. Ils doivent certainement être au courant.

— Comment est survenu l'accident, Madame Bouvier ?

Le regard des policiers est bienveillant. Elle se sent en confiance et poursuit en prenant soin d'être la plus sincère possible : la voiture blanche, les messages de son compagnon et puis le choc au démarrage. La jeune femme gardait très peu de souvenirs de ce qu'il s'était passé après avoir heurté le jeune homme. Elle se rappelle seulement avoir été réveillée par Marc dans une chambre d'hôpital.

Durant son interrogatoire, Suzanne repense à la victime. C'est injuste que Thomas soit mort alors qu'elle est vivante. Les policiers, eux, ne lui parlent pas de Thomas. Ils mènent leur enquête de leur côté et n'ont aucune raison de lui en révéler les résultats.

L'audition se clôture par quelques questions supplémentaires et Suzanne s'étonne de la vitesse à laquelle cette épreuve s'est déroulée. Néanmoins, elle est soulagée que ce moment soit terminé. La procédure judiciaire allait se poursuivre et elle aurait des nouvelles, lui signale l'un des policiers au moment où elle quitte le commissariat.

De retour chez elle, Suzanne se sent seule et constate qu'elle n'a aucun ami auquel se confier. Elle laisse défiler les photos sur son smartphone et renonce à envoyer un message à Charlotte. À quoi bon ? Marc doit avoir remonté la bande de copains contre elle. La jeune femme ne sait plus quelle attitude adopter vis-à-vis de lui. Elle avait essayé de le rappeler tous les jours depuis sa sortie de l'hôpital. Son seul interlocuteur était le répondeur de Marc.

Il ne faut pas qu'elle se laisse abattre. Elle hésite à rappeler Mounia une seconde fois mais craint de la harceler. Depuis la fin de sa quarantaine, Mounia doit avoir mieux à faire. Le déconfinement a permis la réouverture des bars, tavernes et cafés et tous les samedis soir, elle assume le service dans l'établissement de son mari débordé par le retour des clients habituels.

Soudain, Suzanne sursaute en entendant son téléphone vibrer. Marc vient de lui envoyer un message :

Salut Suzanne. Tu manques au petit. Je te propose de passer chez mes parents mercredi prochain. Je serai présent aussi. A+.

Quel soulagement. Les choses commencent doucement à s'arranger, se dit-elle. Le message de Marc reste sec mais il ne contient aucun signe de haine ou d'agressivité. Suzanne n'en demande pas plus : elle va pouvoir revoir son fils et le serrer dans ses bras. Pourquoi Marc lui annonce-t-il déjà qu'il sera présent mercredi ? Peut-être avait-il lui aussi envie de la voir. Elle se dit qu'elle interprète mais en relisant le texte, elle se sent satisfaite.

Les heures s'étirent et Suzanne reste étendue sur le canapé, sans rien faire, si ce n'est décompter les jours qui la séparent de ses retrouvailles avec Louis. Le moment qu'elle passera avec son fils va filer très vite et elle n'a aucune certitude qu'il se reproduira. Le temps d'une embrassade, d'un goûter, d'un jeu, et il sera déjà l'heure de partir.

Il est vingt-deux heures quand Suzanne regarde enfin sa montre. Elle veut penser à autre chose. Se changer les idées. En colère contre tout le monde, elle a soudain envie de prendre sa revanche sur la vie. Les stories de ses « amis » sur les réseaux sociaux montrent qu'elle est une des seules à être chez elle un samedi soir. Certes, elle a commis l'irréparable et elle devra en assumer les conséquences, sa vie durant, mais ce n'est pas une raison pour continuer à se morfondre, seule, pendant des semaines.

Sans trop réfléchir, la jeune femme enfile une jupe qu'elle assortit d'un chemisier noir et de bottillons en cuir. Elle paraît encore plus grande que d'habitude. Un coup d'œil dans le miroir et elle sort, son sac en bandoulière.

8

Suzanne avait toujours eu du goût pour s'habiller. C'était de famille. Son père était un diplomate réputé et le trio familial devait assister à de nombreuses réceptions. Il s'agissait tantôt d'un thé dansant, tantôt d'une conférence, d'un discours ou d'une remise de prix. Suzanne devait suivre, sans discuter, et il n'y a pas une fois où elle s'était amusée. Toujours occupée à regarder l'heure, elle suppliait ses parents afin de rentrer le plus vite possible. Elle ne supportait pas de rester plantée là à ne rien faire. À bavarder avec des gens qu'elle ne connaissait pas, dont elle se moquait royalement et qu'elle ne reverrait sans doute jamais.

Isabelle, quant à elle, se prêtait au jeu. Vêtue de tenues plus extravagantes les unes que les autres, elle se sentait fière de parader au bras de Christian. Elle était diplômée en histoire de l'art mais grâce aux revenus de son époux, elle n'avait jamais eu besoin — ni envie — de travailler. Elle pouvait profiter pleinement de la vie, ainsi qu'elle aimait le répéter à ses amies moins chanceuses.

Suzanne était la seule de ses camarades de classe à être soumise à un tel rythme de vie. Aucun d'entre eux n'arrivait à l'école un vendredi matin avec de larges cernes sous les yeux. Elle devait redoubler d'efforts pour rendre ses devoirs à temps et étudier ses contrôles. Pendant des années, elle a dû accompagner ses parents à ces réceptions, jusqu'à deux ou trois soirs par semaine. En y repensant, elle comprenait pourquoi le cœur de son père avait lâché. Il fallait avoir une santé solide pour supporter la cadence de ces soirées, souvent trop alcoolisées, les tenues inconfortables et les conversations ennuyeuses.

Les souvenirs du passé remontent à la surface régulièrement. Ces obligations avaient ôté à Suzanne le goût de la fête. Pourtant, elle savait qu'elle avait bénéficié d'une enfance privilégiée. Elle ne manquait de rien... sauf de ses parents. Aujourd'hui, elle ne leur en veut plus et garde de bons contacts avec Isabelle malgré le fait que celle-ci abuse trop souvent des médicaments et de l'alcool. Suzanne s'en veut de penser que la vie rendait à présent la monnaie de sa pièce à cette mère qui s'était montrée négligente pendant tant d'années.

Suzanne conserve en elle une blessure indélébile qui a fait basculer la relation avec sa mère, lorsqu'elle avait quatorze ans. C'est comme si c'était hier.

* * *

Une semaine avant les vacances de Pâques, le professeur de français impose une dissertation à rendre pour le lundi suivant. Une sorte de challenge à rédiger en un week-end et qui comptera pour vingt pour cent de la note totale de fin d'année.

Suzanne sait déjà qu'elle veut devenir journaliste et y voit une opportunité de se démarquer. Elle ignore encore le thème mais elle a hâte de s'y atteler.

De retour à la maison, elle annonce la nouvelle à ses parents, tout excitée. Isabelle croise le regard de Christian et prend la parole :

— Ma chérie, ce week-end nous devons nous rendre à Strasbourg.

Suzanne ne se souvient pas que ses parents aient fait mention de ce séjour.

Sa mère poursuit.

— Ton père fait partie du jury d'un concours d'éloquence qui se tient là-bas. Nous partons samedi matin mais nous serons de retour dimanche.

— Mais je n'aurai jamais le temps de rédiger ma dissertation alors ?

Suzanne se retient de pleurer.

— Ne t'inquiète pas ! Nous ne reviendrons pas tard dimanche. Tu pourras plancher sur ton devoir l'après-midi.

À moitié soulagée, Suzanne espère que le calvaire s'achèvera au plus vite.

Le vendredi après-midi, le sujet de la dissertation tombe. « L'Homme influence-t-il l'art ou l'art influence-t-il l'Homme ? » Suzanne est déçue, elle ne s'y connaît pas dans ce domaine. Elle sait cependant que la bibliothèque de ses parents regorge de livres sur l'art ancien et moderne : elle espère y trouver des informations précieuses. Arrivée chez elle, sa valise l'attend. Elle avait déjà préparé sa check-list. À force de devoir se rendre d'un endroit à l'autre, elle s'est organisée pour ne jamais rien oublier. Brosse à dents, bas collants de rechange, culotte, boules Quies, la liste est toujours la même, rédigée avec soin.

Au moment où Suzanne tente de caser les livres d'art dans sa valise pour pouvoir les consulter durant les éventuels temps libres, Isabelle l'arrête :

— Tu ne vas pas t'encombrer de tous ces bouquins ! Ton père conduira la décapotable, il n'y a pas de place pour de gros bagages. Tu feras ton travail au calme, dimanche en rentrant.

Suzanne est contrariée mais n'a pas le choix. Elle repose les ouvrages sur son lit.

Le lendemain, la famille démarre à l'aube. Un déjeuner les attend avant le début du concours d'éloquence qui se déroulera tout l'après-midi.

L'hôtel est luxueux et ils disposent d'une suite dotée de deux lits *king size*. Suzanne n'arrête pas de penser à sa dissertation. Les autres élèves sont en ce moment en plein travail. Elle, va devoir se coltiner des repas et rester assise à écouter des inconnus prononcer des discours interminables. Le déjeuner n'en finit pas.

Le concours débute par un speech de Christian. Son charisme captive très vite l'auditoire. Il encourage les participants à donner le meilleur d'eux-mêmes tout en utilisant, « ça et là », une touche d'humour qui détend l'atmosphère. Suzanne, assise à côté d'Isabelle vêtue d'une robe bleu marine agrémentée d'un collier de perles, pressent que le concours n'est pas près de se terminer. Les prises de parole se succèdent et se ressemblent, le temps s'allonge, ses oreilles bourdonnent.

Le soir, les membres du jury et leur famille se retrouvent dans un restaurant qui a été privatisé pour l'occasion. Dîner à six services. Suzanne pique du nez dans son assiette et sait déjà qu'elle sera fatiguée demain. Elle ne se rappelle même plus à quelle heure ils ont quitté le restaurant. Le lendemain est difficile, il faut porter une autre tenue et à nouveau faire semblant d'être heureuse d'accompagner son père. La remise des prix se déroule en matinée. Christian laisse planer le suspense, avant de décerner chaque prix. Suzanne se ronge les ongles d'énervement. Elle veut rentrer.

— C'est fini Maman ? On peut partir maintenant ?

— Ma chérie, Papa et moi t'avons dit qu'il restait un déjeuner auquel nous devons assister.

Suzanne souffre. Le temps qu'elle pourra consacrer à sa rédaction s'amenuise peu à peu. Les lauréats et les membres du jury sont attendus dans la grande salle. Un buffet abondant est disposé sur des tréteaux. Fromages, charcuteries, plats chauds, mignardises. Elle n'a pas faim. Isabelle et Christian se resservent trois fois et les bouteilles de vins se vident à vue d'œil. Les derniers convives partis, ils vont pouvoir enfin prendre la route. Mais dans la chambre d'hôtel, Christian s'affale sur son lit et ouvre le premier bouton de son pantalon.

— Je suis mort moi.

— On y va Papa ?

Christian ne répond pas. Il s'est assoupi. Isabelle le rejoint. Ils seront finalement de retour chez eux à vingt heures après une éprouvante route sous la pluie. Suzanne fond en larmes, désespérée. Elle n'a encore rien écrit alors que les consignes sont claires : ils doivent noircir quatre pages de texte en respectant un protocole précis, pour lundi huit heures trente.

— Je ne vais rien pouvoir rendre. Je suis fichue.

— Nous sommes désolés Suzanne. C'est vrai que tu n'as pas le temps de faire ce travail et c'est notre faute.

Isabelle tente de lui passer la pommade maintenant !

— Je me moque de vos excuses ! Je vais avoir zéro et je serai la seule !

Isabelle réfléchit.

— C'est sur l'art ta dissertation ?

— Oui.

— Et bien je peux te le rédiger moi, ton travail ! C'est un domaine que je connais bien. J'ai suivi cinq ans d'études sur le sujet. Donne-moi les consignes et tu auras tes quatre pages pour demain matin. Juré.

Suzanne ne sait que répondre. Ce travail, elle voulait l'écrire elle-même. Elle culpabilise de devoir laisser quelqu'un d'autre le réaliser à sa place. D'un autre côté, il lui est impossible de terminer à temps en débutant à cette heure-ci. Des sentiments contradictoires gagnent la jeune fille. Vaincue, elle cède, s'en remet à sa mère et file se coucher, épuisée.

Lorsque Suzanne descend pour prendre son petit-déjeuner, une liasse de feuilles est posée sur son assiette. Isabelle a tenu parole ; elle a bien rédigé quatre pages et a su terminer ce devoir.

En dévorant sa tartine de confiture, Suzanne parcourt le travail en diagonale. Elle n'en croit pas ses yeux : la dissertation est parfaite et argumentée. Sa mère l'a sauvée.

Suzanne franchit la grille du collège au moment où la sonnerie retentit. Le regard fuyant, elle pose les quatre feuilles sur le bureau de monsieur Callebeau, parmi les autres travaux. Le soir, elle remercie sa mère qui affiche un grand sourire.

Les jours suivants, l'esprit de Suzanne est occupé par le voyage scolaire qui aura lieu dans trois semaines. La classe doit se rendre à Londres. Il faut composer les chambres, réviser son vocabulaire et planifier les temps libres. Les plus grands évoquent leurs souvenirs de cette épopée au cours de laquelle ils ont bu leur première bière en cachette des professeurs. Il se dit même que les premiers couples se forment à cette occasion.

Mais le jeudi, tout bascule. Dès le début du cours de français, monsieur Callebeau invite Suzanne à le suivre dans le couloir.

Son cœur s'emballe. Elle se demande ce que le professeur va lui annoncer.

— Je suis profondément déçu. Je ne te pensais pas capable de faire cela...

Suzanne se fige. Son professeur a-t-il découvert la supercherie ? Les sourcils de monsieur Callebeau se froncent et son regard s'assombrit.

— C'est d'une malhonnêteté intellectuelle sans nom !

— Je ne comprends pas...

— Et si je te montre ce livre ? dit-il en sortant de son cartable « L'art et la philosophie du pourquoi ».

Suzanne reconnaît le gros bouquin qui est également posé chez elle sur la table de la bibliothèque.

— Tu as plagié cet ouvrage de A à Z ! Tu croyais vraiment que je n'allais pas m'en rendre compte ? C'est une honte ! Tu entends ? Je te mets la note de zéro et nous avons décidé en concertation avec les autres professeurs, que tu serais exclue du voyage à Londres.

Suzanne est décontenancée. Sa mère a recopié textuellement les phrases d'un livre pour effectuer son travail. Comment a-t-elle osé ?

Elle encaisse la douche froide en silence sans révéler l'identité du véritable auteur de cette dissertation et regagne sa classe. La nouvelle s'ébruite en quelques heures. Humiliée et trahie par sa mère, Suzanne ne pense qu'à quitter le collège pour aller s'enfermer dans sa chambre.

Arrivée chez elle, elle fait un détour par la bibliothèque. Monsieur Callebeau a dit vrai. À la page cent-vingt-deux de l'ouvrage, elle retrouve, mot pour mot, le contenu de sa dissertation. Isabelle n'a même pas pris la peine d'en modifier certains termes, ou même d'en changer la ponctuation.

Isabelle n'a jamais présenté ses excuses à Suzanne qui les a attendues des années durant. Depuis ce jour-là, la jeune femme sait qu'elle ne peut pas compter sur sa mère. Et même si le temps a fait son œuvre, une distance s'est irrémédiablement installée entre elles. Aujourd'hui encore, la plaie n'est pas cicatrisée.

9

Suzanne pousse la porte du Saint Eloy. La chaleur de la pièce réchauffe son corps. Elle repère une petite table dans le coin et s'y installe, seule. La musique vibre dans ses oreilles et elle constate immédiatement que des yeux insistants se posent sur elle. Deux hommes plus âgés assis au bar, la fixent ouvertement. Elle se sent intimidée et regrette déjà cet excès de folie qui l'a conduite jusqu'ici. La peur d'être reconnue et désignée comme la meurtrière l'envahit. Heureusement, les regards se détournent, Suzanne reprend sa respiration et tente de se convaincre que le plus dur est fait.

En débarquant ici, elle imaginait sans doute avoir une chance d'y retrouver Marc. Celui-ci doit être très occupé avec Louis qui se réveille plusieurs fois par nuit. Pourvu qu'il prenne bien soin de leur fils. Elle sait que ses beaux-parents sont là pour le seconder, ce qui apaise ses inquiétudes.

Suzanne remarque une bande de jeunes debout à l'entrée. Leur soirée semble déjà bien entamée. Le rire d'une des filles résonne jusqu'à l'autre bout de la pièce. Suzanne se redresse. Elle reconnaît la voix de la compagne d'Antoine mais fait semblant de ne pas la voir. Elle interpelle le serveur qui tente de se frayer un chemin entre les tables. Elle se souvient l'avoir observé faire son boulot pendant des heures lorsqu'elle accompagnait Marc. Parfois, l'ennui l'envahissait tellement qu'elle passait son temps à épier les autres, leurs comportements et leurs habitudes.

Malgré le brouhaha, le garçon a directement réagi à la voix de Suzanne et se rapproche d'un pas dynamique, avec sa tablette en main. Il s'appelle Kevin, a vingt ans et la fâcheuse habitude de renverser son plateau. Sa maladresse provoque l'empathie de Suzanne. Elle aime ça les gens imparfaits.

— Bonsoir Madame, que désirez-vous boire ?

— Un verre de vin rouge, répond Suzanne.

Brusquement, une voix suave se joint à la conversation. Une voix à peine perceptible.

— Tu peux me commander la même chose mon chéri.

La silhouette se rapproche et glisse un billet dans la poche de la chemise du serveur pour régler sa note et celle de son invitée. Suzanne n'en croit pas ses yeux.

Le garçon, plutôt surpris, se dirige vers le bar et revient, quelques secondes plus tard, avec les deux verres de vin qu'il dépose rapidement sur la table.

— Comment vous appelez-vous ?

Chaque syllabe de la voix grave vient se poser langoureusement dans cette question.

— Suzanne, et vous ?

Et tandis que son interlocutrice s'approche, elle devine que cette femme n'est pas comme les autres. Grande et très distinguée, elle s'est assise en face de Suzanne et lui dit :

— Judith. Judith Sojka.

— Enchantée, répond Suzanne qui, gênée, tourne le regard vers la salle.

Pourtant elle est attirée par cette femme et son allure originale. Judith porte un manteau noir jais dont le reflet est si intense que Suzanne ne distingue pas exactement s'il s'agit de plumes ou de poils d'animaux. Son visage est marqué de petites ridules au niveau des yeux et des fossettes. Des cheveux courts et bouclés couleur corbeau encadrent son visage au teint mat. Suzanne n'arrive pas à discerner la taille de ses yeux, tant le maquillage sombre et son iris se confondent.

Judith sourit. Dentition impeccable et rouge à lèvres sans bavure.

— Qu'est-ce qui vous amène ici ce soir ? Je ne vous ai jamais vue auparavant.

La timidité de Suzanne refait surface. Embarrassée, elle n'ose pas répondre. Comme si elle redevenait la petite fille qu'on vient de gronder à la suite d'une bêtise.

Judith réitère sa question, croyant que Suzanne s'était laissé distraire par le bruit ambiant.

La jeune femme avale une gorgée de vin et se met à rire nerveusement. Elle se dit que Judith va prendre ses distances mais c'est tout le contraire qui se produit. Judith l'encourage à poursuivre, d'un regard bienveillant. Rassurée, Suzanne se ressaisit et se décide à répondre.

— Je me sentais seule ce soir. En temps normal, je ne viens qu'avec mon compagnon. Je ne vous ai jamais aperçue ici non plus.

— Alors que cela fait bien vingt ans que je

fréquente cet endroit, figurez-vous. J'étais assise à cette table alors que ce bar ne s'appelait pas encore le Saint Eloy.

Suzanne regarde autour d'elle et réalise que Judith vient de lui glisser une information de taille. Elle est en effet la doyenne de la pièce. Pourtant, elle ne fait pas son âge. Une silhouette parfaite. Une peau souple, mise en valeur par les teintes cuivrées de son maquillage. Des yeux dont on ne peut se détacher, tant le regard est intense. Énigmatique.

— Et pourquoi n'êtes-vous pas avec votre compagnon ce soir ?

Judith arbore toujours son plus beau sourire et n'a pas encore touché à son verre.

Suzanne trouve la question indiscrète. Elle ne désire pas déballer toute sa vie devant une inconnue.

— J'ai des problèmes en ce moment mais je n'ai pas envie d'en parler. Je suis venue pour me distraire.

— J'ai vu votre regard inquiet lorsque vous êtes entrée. Mais ne vous en faites pas, je ne suis pas là pour vous embêter. Je propose alors qu'on trinque à vos problèmes !

— Ça me va... Mais je ne vous empêche pas de me parler de vous, ça me changera les idées.

Judith sourit, elle semble hésiter.

— Non, ce ne serait pas très drôle...

— D'accord. Restons dans un registre plus léger...

Judith la coupe :

— Quel est votre film préféré ?

Suzanne cale. Depuis la naissance de Louis, elle ne se rappelle pas d'avoir pris du plaisir à regarder un bon film en entier. Elle riposte aussitôt :

— Et vous, que lisez-vous en ce moment ?

— Je relis *Madame Bovary*. Ce chef-d'œuvre me séduit toujours autant.

— Vous placez la barre très haut... Moi je me contente plutôt de romans de gare.

Les deux femmes partent d'un grand éclat de rire et commandent un second verre de vin.

Suzanne est soulagée : Judith ne l'a pas reconnue malgré les nombreuses infos qui avaient circulé sur elle au sujet de l'accident. Elle se détend un peu et tente de ne plus penser aux récents événements qui viennent de chambouler sa vie.

Au fil de la soirée, l'alcool aidant, la conversation devient plus intime et Judith se met à partager davantage son passé. Elle aborde l'un des épisodes les plus durs de sa vie :

— Mon mari est mort il y a dix ans. Il était très malade et j'ai mobilisé toute mon énergie pour le soigner et l'accompagner dans sa souffrance. Jusqu'au dernier jour, j'ai refusé d'entrevoir sa disparition. Après son décès, je suis tombée dans une profonde dépression. Il m'a fallu plusieurs années pour m'en remettre.

— Je suis désolée.

— Ne le soyez pas. Je suis partie vivre quelques mois dans une ferme thérapeutique, perdue au milieu des bois. J'y ai fait de belles rencontres, notamment celle d'un père de famille qui avait perdu le goût de vivre après le décès de sa fille des suites d'une leucémie.

— Comment avez-vous fait pour remonter la pente ?

— Ma vie et celle des autres résidents étaient rythmées par les travaux de la ferme, entrecoupés de séances collectives de thérapie. Ça m'a fait beaucoup de bien. Je me souviens même avoir fondu en larmes lorsque la directrice de la ferme m'a fait comprendre que j'étais prête à quitter ce qui, pour moi, était devenu un cocon protecteur. J'avais trouvé ma place là-bas et je m'étais attachée à plusieurs pensionnaires.

Il y a des points sur lesquels Judith préfère rester silencieuse. Autant elle se montre prolixe quand il s'agit d'aborder une partie de son passé, autant elle fait preuve de retenue pour évoquer son quotidien.

Les yeux de Suzanne se posent sur l'horloge du bar. Il est presque trois heures du matin ! Elle est fatiguée et lorsqu'elle tente de se lever, la pièce se met à tanguer. Sa tête tourne et elle sait qu'elle est à présent trop ivre pour faire quoi que ce soit.

Judith, qui tient encore sur ses deux jambes, se rapproche légèrement de Suzanne et lui suggère qu'il serait peut-être temps de quitter le bar. La jeune femme est incapable de marcher jusque chez elle et Judith appelle un taxi qui les dépose devant le domicile de Suzanne.

Celle-ci s'écroule dans son lit et ne prête pas la moindre attention à son invitée qui décide d'aller terminer la nuit sur le canapé du salon.

10

Suzanne se réveille avec une affreuse migraine. Elle repense à la soirée de la veille mais ne se souvient pas de grand-chose. Elle s'inquiète de ne pas savoir comment elle est rentrée chez elle. Elle se rappelle avoir rencontré une inconnue. Comment s'appelle-t-elle déjà ? Ah oui, Judith.

Elle descend les escaliers. Une odeur de café vient chatouiller ses narines. Elle aperçoit Judith qui lit le journal assise sur une chaise de la salle à manger. Surprise, elle ne comprend pas ce que cette femme fait chez elle. Elles avaient vraiment dû abuser du vin rouge. Ça lui apprendra.

— Bien dormi ?

Judith parle sans même se retourner, ayant perçu les pas de Suzanne.

— Euh... oui très bien merci. Et vous ?

— Je dois dire que votre canapé n'est pas des plus confortables mais on fait avec.

Durant le petit-déjeuner, Judith tente de lui faire retrouver la mémoire en lui rappelant leur conversation de la veille. Suzanne reprend peu à peu ses esprits mais s'agace de n'avoir plus beaucoup de souvenirs. Judith change alors de sujet pour la distraire :

— J'ai participé la semaine dernière au défilé d'un célèbre couturier. J'avais obtenu une invitation *in extremis* car je figurais dans le carnet d'adresses d'une de mes amies, fidèle cliente de cette maison de couture.

— Ma mère aussi était friande de ce type d'événements. Elle a même provoqué un incident lors d'une soirée de la *fashion week*, au moment où elle a constaté, contrariée, qu'elle était reléguée à la dernière rangée.

— Comment s'appelle votre mère ?

— Isabelle

— Et vous, avez-vous déjà assisté à un défilé de mode ?

— Non... Mais ça ne m'intéresse pas vraiment. Je ne sors pas beaucoup, je préfère rester chez moi avec mon fils.

— Quel ennui mortel !

Les deux femmes se mettent à rire.

— Vous êtes jeune, vous devriez sortir plus souvent.

Suzanne ne répond pas. Judith lui sourit et ne la quitte pas des yeux.

Au bout d'une heure, Suzanne, épuisée, se demande quand son invitée se décidera à partir. Elle n'ose pas contrarier cette femme qui l'intimide, qui reste fraîche et pimpante tandis qu'elle a les cheveux en bataille et une mine de déterrée. Une femme surprenante qui, au beau milieu de leur conversation, prend soudain des notes dans un petit carnet.

— Oui j'adore écrire. Pour rien au monde je ne laisserais filer ma pensée. Je garde toujours ce petit calepin avec moi afin d'y coucher mes idées.

Étrange, se dit Suzanne. Mais après tout, cette

femme est un personnage à part. Quelqu'un d'atypique qu'il ne faut pas essayer de décrypter.

— Je trouve ça original et épatant ! Une sorte de journal intime qui vous suit tout au long de vos journées.

— C'est un peu ça oui.

Après avoir rangé la cuisine, Judith annonce son départ en laissant à Suzanne son numéro de téléphone sur une page qu'elle vient d'arracher de son carnet. Au cas où.

Suzanne, toujours un brin nauséeuse, ne réagit pas. Elle considère leur soirée comme une parenthèse dans sa dépression post-accident. Elle ne compte pas reprendre contact avec Judith. Déjà occupée à gravir les marches de l'escalier, elle la salue de loin et file se doucher.

La journée passe vite. Suzanne prépare les jouets qu'elle apportera à Louis mercredi prochain. Les yeux embués de larmes, elle serre contre elle les nounours et doudous du petit, dans l'espoir de retrouver l'odeur de son fils. Le reste de la soirée, elle la passe sur son portable et ouvre distraitement une notification qui apparaît. Sans doute une publicité mais sa curiosité l'emporte. Suzanne se fige :

GROSSE SALOPE, tu mérites de mourir pour ce que t'as fait !

Elle redoutait une deuxième menace et voilà qu'elle prenait forme. Sa gorge est sèche, ses jambes se dérobent. Quelqu'un lui en veut, il n'y a plus de doute possible. Le message transpire la haine, les mots sont grossiers. Suzanne est affolée et reste plantée au milieu du salon, sans savoir quoi faire. Son instinct de survie la pousse à verrouiller les portes, fermer les fenêtres, brancher l'alarme et s'enfermer dans sa chambre. Elle ferme les yeux, tremblante, et tente de reprendre son souffle.

L'identité du corbeau reste inconnue. Son pseudo est codé, indéchiffrable.

Elle envoie un sms à sa mère pour la prévenir. Si le corbeau l'espionne, il doit également connaître l'adresse d'Isabelle. Elle veut la protéger.

Isabelle répond dans la minute.

Passerai demain. Fais bien attention à toi. Bisous ma chérie

Le message de sa mère ne la rassure pas et elle décide de prendre un somnifère. C'est le seul moyen qu'elle trouve, à ce moment, pour calmer ses angoisses.

Isabelle a apporté une salade César. Mère et fille s'attablent comme elles se mettraient en réunion pour réfléchir à un plan d'action. Il faut absolument trouver qui est l'auteur de ces intimidations.

— C'est sûrement en lien avec l'accident, lance Isabelle.

— Ben Maman, c'est évident ! Avec quoi veux-tu d'autre ? J'ai écrasé quelqu'un...

— Tu pourrais avoir d'autres ennemis, dans ton travail par exemple ?

— Non Maman, je ne crois pas.

Suzanne regarde sa mère mais son esprit est ailleurs. Il n'est pas question de tergiverser. Il faut soit appeler la police, soit rencontrer la famille de la victime.

— Tu es folle ma fille, s'exclame Isabelle. Tu ne vas quand même pas te rendre chez ces gens, surtout s'ils sont à l'origine de ces menaces. Je serais très inquiète que tu partes là-bas. Tu ne reviendras pas vivante.

— Maman, calme-toi. Je n'ai pas encore pris ma décision. Je sais juste que je ne veux pas rester dans cette situation. Je ne veux pas vivre dans la peur.

La conversation s'enlise et Suzanne doit réfléchir. L'idée d'une possible rencontre avec les parents de Thomas commence à se dessiner dans son esprit. Son téléphone vibre dans sa poche. Un numéro inconnu. Son cœur s'affole. Ça devient du harcèlement. Suzanne clique pour lire le message.

Bonjour, êtes-vous partante pour boire un café dans l'après-midi ? Amicalement, Judith.

Soulagée, Suzanne reprend ses esprits.

— C'est qui ? demande Isabelle en mâchant sa salade.

— Rien, une amie.

— Quel stress ma chérie, je croyais que le corbeau revenait déjà à la charge.

Après le départ d'Isabelle, Suzanne réalise qu'elle n'a pas répondu à Judith. Son message est court et simple :

Bonjour, ok pour moi, où et quand vous voulez. À tout à l'heure.

Heureuse d'avoir trouvé une occupation dans sa journée, elle monte se changer. Mais quelque chose la dérange. Comment Judith avait-elle obtenu son numéro ? Hier, elle avait noté le sien sur une page de son carnet mais Suzanne ne lui avait rien donné en échange. Bizarre. Elle se dit qu'à l'heure actuelle, avec toutes les données qu'on libère sans le savoir, il ne faut pas s'en étonner. C'est Marc qui avait dû lui expliquer qu'à chaque cookie accepté, ce n'était pas des calories absorbées mais des données personnelles sciemment communiquées. Suzanne s'en fichait et trouvait le terme mignon. Mais les circonstances sont un peu différentes aujourd'hui. Elle ouvre la porte de sa penderie d'un geste brusque pour chasser ses questions et décide de faire confiance à Judith.

Les deux femmes se retrouvent dans un café différent de celui de samedi. Il n'y a presque personne. Un lundi après-midi, les clients ne se bousculent pas au portillon.

— Cappuccino, latte, espresso ?

Judith commence à réciter par cœur toute la carte du café.

Suzanne rit en gloussant.

— Un espresso, merci.

Elles sont assises l'une en face de l'autre et Suzanne se livre davantage.

Elle en vient à parler de Marc et explique qu'elle est privée de son fils pour le moment. Judith ne comprend pas pourquoi. Suzanne lui montre sur son téléphone les articles de presse au sujet de l'accident.

— C'est vous qui conduisiez ?

— Oui, malheureusement. Je suis prête à le payer toute ma vie.

Judith regarde Suzanne avec compassion.

Elles décident de reprendre un café. Cette fois, une crêpe est offerte à Judith par le patron qui semble la connaître. Elle la partage volontiers avec Suzanne. La discussion tourne autour de la vie de celle-ci. Louis est devenu, depuis sa naissance, son unique priorité. Le satisfaire, le protéger en toutes circonstances, au risque de s'oublier elle-même et de négliger son couple.

Judith, attentive mais silencieuse, ose une question :

— N'est-ce pas excessif Suzanne ?

— Si, bien sûr mais c'est plus fort que moi. J'ai beaucoup souffert, dans mon enfance et mon adolescence, de l'absence et du manque d'intérêt de mes parents. Je ne veux pas que Louis ressente la même chose. Il doit savoir que je me dévoue totalement à lui. Je ne supporterais pas qu'il me le reproche plus tard.

— Je n'ai pas eu d'enfant Suzanne mais il me semble que vous tentez de réparer, avec votre fils, les erreurs d'un passé dont vous n'êtes pas responsable. Votre fils pourrait vous en vouloir aussi de l'avoir élevé dans une bulle trop protectrice. Je sais de quoi je parle.

— Comment ça ? Je ne comprends pas. Vous venez de me dire que...

— Je sais, je me suis mal exprimée. Enfin il y a des choses que je ne peux pas vous expliquer. Pas encore. Je ne vous ai pas menti, je n'ai pas d'enfant.

Le temps reste suspendu. Suzanne n'ose pas relancer la conversation. Judith n'a pas l'air d'en avoir envie non plus. Elle regarde au loin et se tait.

La pluie se met à tomber. Les deux femmes commandent un troisième café. Deux décas car il se fait tard. Suzanne apprécie ce moment mais se sent mélancolique. Elle ignore comment elle va remonter la pente. Son employeur lui a envoyé un message pour lui demander de reprendre le travail dans deux semaines. Maintenant que les bruits autour de l'accident se sont estompés, elle peut revenir. Elle n'a pas envie de retravailler mais ça lui apportera un cadre, se dit-elle pour se convaincre.

Judith regarde Suzanne pianoter sur son portable. Elle saisit son carnet et se met à écrire. Le calme règne. Les deux femmes, concentrées, réfléchissent. Les mots qui noircissent le livret traduisent les pensées de Judith. Il contient des phrases en hébreu et en français, auxquelles elle seule peut avoir accès.

Suzanne est la première à rompre le silence :

— Je suis victime de menaces.

Elle a besoin de partager son inquiétude. Elle a besoin de quelqu'un d'autre que sa mère à ses côtés. Judith pose son stylo sur la table et ses yeux viennent capter ceux de Suzanne. Celle-ci la trouve plus naturelle. Elle porte moins de maquillage que samedi soir et de légers cernes se dessinent. Judith rapproche sa chaise et demande d'une voix grave :

— Que voulez-vous dire par menaces ?

— Quelqu'un a pendu un rat crevé à ma boîte aux lettres. Ensuite, j'ai reçu ce message anonyme.

Judith doit mettre ses lunettes d'appoint pour déchiffrer les lignes sur le téléphone.

— En effet, c'est étrange...

Suzanne est un peu déçue de la réaction flegmatique de Judith.

— Vous cherchez donc à découvrir qui se cache sous ces avertissements ?

— J'hésite encore...

Suzanne décide de tout raconter à Judith. Elle n'omet aucun détail. La tromperie de Marc, les sms au volant, les jours d'horreur, les menaces, la potentielle rencontre avec la famille de la victime.

Judith l'arrête.

— Calmez-vous Suzanne. C'est normal que vous soyez perdue. Vous êtes seule à entreprendre cette reconstruction mais je ne suis pas certaine d'être bonne conseillère...

Suzanne espérait plus de soutien de la part de Judith. Puis elle se rappelle que son interlocutrice vient d'entrer dans sa vie, il y a quelques jours seulement. Quelle folie de s'être livrée, se dit-elle, envahie par le doute. Était-il normal de s'ouvrir à quelqu'un qu'on connaît à peine ? Comment Judith avait-elle pu devenir en si peu de temps son amie ? Et soudain la voilà qui sanglote dans sa serviette, devant les quelques rares clients et une Judith décontenancée.

— Ne pleurez pas voyons. Excusez-moi, j'ai dû manquer de tact.

Suzanne relève la tête, la mine défaite. Judith sèche ses larmes avec son mouchoir. Pour tenter de réconforter Suzanne, elle se lève et lance :

— Je vais vous aider, venez avec moi !

11

Judith emmène Suzanne chez elle. L'habitation est située à l'écart de la ville sur une route peu fréquentée. Il s'agit d'une maison de plain-pied avec de larges baies vitrées à l'avant et à l'arrière. Suzanne est surprise lorsqu'elle franchit la porte d'entrée : la décoration des pièces est sobre, dans des tons gris clair et taupe. Suzanne avait imaginé un intérieur chargé, foisonnant d'objets rares et précieux mais c'est tout le contraire. Décidément, Judith n'est jamais là où on l'attend. Une seule chose attire l'attention du visiteur : un magnifique tapis en laine rouge, à poils hauts, occupe toute la surface du salon. Il réchauffe un peu l'atmosphère et contraste avec la neutralité des lieux.

Judith entraîne Suzanne dans la chambre à coucher qui prolonge la salle de séjour. Une simple verrière sépare les deux pièces, laissant peu de place à l'intimité. Judith croise le regard étonné de Suzanne.

— Je vis seule ici depuis des années. Je n'ai pas besoin de me cacher lorsque je suis dans mon lit, même accompagnée.

Suzanne rougit légèrement. Judith feint de ne pas s'en apercevoir et ouvre le tiroir d'une commode en bois laqué. Elle en extrait, avec délicatesse, son trésor enroulé dans un tissu en soie. Le petit revolver fait reculer Suzanne d'un mètre.

— Qu'est-ce que vous faites avec une arme chez vous ?

— Aleksy me l'avait confiée juste avant sa mort pour que je puisse me défendre lorsqu'il ne serait plus là.

— Très bien. Mais je ne comprends pas le rapport avec ma situation.

— Je pense que tu en as plus besoin que moi en ce moment.

Pour la première fois, Judith vient de tutoyer sa nouvelle amie. Suzanne ne se sent pas capable de manipuler une arme. C'est trop et elle n'en a pas besoin, elle peut se défendre seule.

— Je regrette mais je ne peux pas accepter.

Suzanne tente de se calmer et espère ne pas avoir vexé Judith. Celle-ci semblait tout excitée de lui proposer cette solution.

— Comme vous voulez, mais cela pourrait vous aider à vous endormir le soir. Avec moi, ça marche. Savoir que je ne suis pas seule et qu'à tout moment je peux saisir ce bijou, cela me sécurise. Croyez-moi !

Suzanne reste sur sa position. Un mélange de sentiments contradictoires se joue d'elle. Doit-elle être reconnaissante envers Judith ou choquée par sa proposition ?

Judith reprend la parole.

— En ce qui concerne l'accident, je pense sérieusement qu'il est plus que temps que vous preniez contact avec la famille de la victime. Vous n'êtes pas certaine qu'elle est l'auteur des menaces et vous devez en avoir le cœur net. Et même pour vous. Pour votre paix intérieure. Il faut que vous fassiez part de vos regrets. Je ne suis pas là pour vous faire la morale mais je pense que c'est la meilleure chose à faire et je ne dois pas être la seule à vous le dire. Comme on disait dans mon pays : *l'âme ne devient pure que lorsqu'elle a tout essayé.* Ou quelque chose du genre.

Le large sourire de Judith réconforte Suzanne et la rassure. Cette femme vise juste. L'idée n'arrête pas de trotter dans sa tête alors que sa mère veut l'en dissuader. Elle appréhende la confrontation avec les parents de Thomas mais se promet que dès le lendemain, elle cherchera leurs coordonnées.

Suzanne est fatiguée, elle se rapproche de Judith pour poser un baiser sur sa joue. Un sursaut la retient. Même si l'épidémie de coronavirus semble être stabilisée, on n'est à l'abri de rien. Elle opte pour un signe de la main et croit déceler dans le regard de Judith une pointe d'agacement. Celle-ci répond brièvement au signe de Suzanne. Elle la laisse partir sans la raccompagner.

En rentrant chez elle, Suzanne repense à sa conversation avec Mounia. Assaillant la jeune femme de questions au sujet de Louis, elle n'avait même pas pris la peine de prendre de ses nouvelles. Elle décide de lui faire une visite surprise.

Arrivée dans le quartier de la nounou, elle cherche une épicerie pour ne pas arriver les mains vides. Elle savait que Mounia était quelqu'un de gourmand, voire vorace à ses heures. Suzanne l'avait déjà prise en flagrant délit. Lorsque Mounia raccompagnait Louis, elle dévorait des tartines couvertes d'une épaisse couche de confiture. Sans compter leur escale à la boulangerie de l'hôtel de ville. Son poids reste le cadet de ses soucis. Elle affirme même ne s'être jamais pesée. Elle souffre d'obésité mais le mot est mal choisi. Mounia ne *souffre* pas mais profite de la vie comme elle aime le revendiquer. Marc et Suzanne avaient quand même fait quelques remarques, lui expliquant, avec le plus de tact possible, qu'elle n'avait pas l'autorisation de se servir dans le garde-manger de la famille quand bon lui semblait. Pendant une semaine, vexée par ce rappel à l'ordre, Mounia avait boudé. Au final, une sorte de *modus vivendi* s'était installé. Marc et Suzanne avaient fermé les yeux et avaient continué à faire appel à Mounia. Elle savait tellement y faire avec Louis.

Suzanne rentre dans une épicerie marocaine située à deux pas de l'habitation d'Hamed et Mounia. Elle est séduite par les différents effluves provenant des présentoirs : mélange de miel, d'huile d'argan et de fleur d'oranger. Tout semble délicieux. Elle opte pour un assortiment de confitures aux saveurs orientales et arrivée à la caisse, demande un emballage cadeau. Le caissier ne comprend pas et elle doit répéter sa question :

— Est-ce possible d'emballer les confitures pour un cadeau s'il vous plaît ?

Le vendeur la dévisage bizarrement, lui faisant comprendre que non, *ici* on ne fait pas d'emballage cadeau. Suzanne se sent stupide, évidemment que cette épicerie ne propose pas ce type de services. Elle attrape le sac plastique que lui tend le vendeur. Comment peut-elle se montrer si maladroite ? Et puis les confitures seront délicieuses de toute façon.

La sonnette retentit et le visage de Mounia apparaît derrière la porte d'entrée. C'est un petit logement, modeste mais confortable et chaleureux. Mounia et Hamed n'ont jamais eu d'enfant et avaient fait le choix d'y habiter, afin d'économiser pour s'offrir le café d'Hamed.

— Madame Bouvier, quelle bonne surprise ! Comment allez-vous ?

Mounia précède Suzanne dans le minuscule hall surchargé de tapis, d'où part une cage d'escalier étroite et sombre vernie en bois foncé. Le contraste est étonnant lorsque Suzanne, invitée par Mounia, pénètre dans la lumineuse pièce de séjour meublée de trois canapés imposants regroupés autour d'une table basse sur laquelle trônent plusieurs plateaux en cuivre.

Suzanne a à peine le temps de s'asseoir que Mounia lui fait face, une théière à la main.

— Madame Bouvier, j'ai toujours de l'eau qui bout pour la famille ou les invités, vous le savez bien.

Mounia remplit les deux tasses et s'installe en face de Suzanne.

— Je suis contente de vous voir Madame Bouvier.

Suzanne lui tend le paquet de confitures en espérant faire plaisir à la nounou. Celle-ci affiche un petit sourire malicieux qui la déstabilise.

— Vous les avez déjà, c'est ça ?

— Non, non, Madame Bouvier. C'est juste que ça m'a fait repenser à l'autre fois quand vous m'aviez remonté les bretelles pour les tartines à la confiture.

Les deux femmes se mettent à rire de bon cœur. Mounia raconte qu'elle a repris sa vie, comme si de rien n'était, depuis la fin de la quarantaine et va de temps en temps filer un coup de main à Hamed au café.

— Mais ça me manque de ne plus travailler pour vous Madame Bouvier. Quand est-ce que je pourrai reprendre du service ?

Mounia ressert à Suzanne une tasse de thé à la menthe.

— Je l'ignore. Je dois encore en discuter avec Marc. Nous devons nous organiser mais je vous avoue que depuis l'accident, nous n'avons toujours pas eu de vraie conversation.

— Ça va s'arranger, j'en suis certaine.

Même si Mounia n'est pas mère, elle comprend ce que ressent Suzanne et est sensible à sa tristesse. Soudain, elle se rappelle d'une chose importante :

— D'ailleurs je devais vous dire... Monsieur Bertin m'a recontactée l'autre jour. Il voulait que je garde Louis mais je n'étais pas dispo car j'aidais Hamed. Comme ça vous êtes au courant. Je sais que c'est important pour vous d'avoir des nouvelles du petit. Vous me l'aviez déjà demandé au téléphone.

Les paroles de Mounia inquiètent Suzanne. Elle espère que Marc a finalement pu trouver quelqu'un de confiance pour garder Louis. Pourquoi n'avait-il pas demandé à ses parents ? Si elle avait été là, cela ne serait jamais arrivé.

Elle reprend ses esprits et demande à Mounia :

— Pouvez-vous me rappeler directement si vous avez des nouvelles de Marc ? Je vous remercie Mounia. Vraiment, merci !

— Y a pas de souci Madame Bouvier.

12

Suzanne se lève à l'aube, zappe la case petit-déjeuner et file s'installer à son bureau. Bien déterminée à connaître l'adresse de la famille de Thomas, elle recommence à épingler chaque article de presse. Mis à part des noms et prénoms, aucun lieu de résidence n'y figure.

Elle décide de taper sur internet le nom de la victime. *Thomas Renier* : rien. Pas une photo ni information à son sujet hormis celles concernant l'accident. Rien d'anormal, se convainc-t-elle. Thomas n'a pas d'emploi et peut ne pas être friand de réseaux sociaux, ce qui le distinguerait de la majorité des jeunes de son âge.

La jeune femme s'intéresse alors au père de Thomas : *Victor Renier*. Cette fois, sa recherche est fructueuse. Le site d'un constructeur de piscines apparaît à l'écran. Les journalistes avaient en effet mentionné que le père était un pisciniste connu dans la région. Suzanne surfe sur la page de l'entreprise et prend note de l'adresse mail.

Sans prendre la peine de rédiger un brouillon, elle commence à écrire :

« *Madame, Monsieur,*

Je me présente, je m'appelle Suzanne Bouvier et suis responsable de l'accident qui a coûté la vie à votre fils Thomas. Je suis terriblement désolée de ce qui est arrivé et vous présente mes excuses les plus sincères. Je souhaiterais pouvoir vous rencontrer et espère que vous accepterez. »

Suzanne réalise, après quelques lignes, qu'elle fait fausse route. Trop direct et expéditif. Elle ne peut pas se limiter à présenter ses excuses et à solliciter une rencontre, sans autre explication.

Elle éteint son ordinateur et prend son tas de feuilles de brouillon rangé dans le tiroir du bureau. Elle en saisit une et écrit :

« *Chère Madame, cher Monsieur,*

Permettez-moi de prendre contact avec vous dans le cadre de l'accident dont votre fils Thomas a été victime le treize octobre dernier. Ainsi que vous le savez, je suis responsable du décès de votre fils... »

Suzanne s'interrompt. Le ton sonne faux. Trop formel, dépourvu de toute émotion. Pourquoi les qualifier de *chers* alors que les destinataires de sa lettre doivent la détester. C'en est presque insultant pour eux.

Une feuille, deux feuilles, trois feuilles terminent dans la corbeille à papiers. Tantôt le ton est larmoyant, développant dans les moindres détails sa propre souffrance. Tantôt elle insiste trop lourdement sur celle des parents de Thomas, leur prêtant des sentiments qui ne leur laissent aucune perspective d'avenir :

« *Je sais que votre vie s'est arrêtée cet après-midi du treize octobre et que vous ne vous en remettrez jamais...* »

Suzanne recommence. Elle sait que cet exercice d'écriture aura un impact sur sa vie. Si cette lettre ne touche pas la famille de Thomas, ils n'accepteront pas la confrontation. Elle se doit d'être honnête et de dire ce qu'elle a sur le cœur. Elle saisit une dernière feuille :

« *Madame, Monsieur,*

C'est avec beaucoup d'appréhension que je prends contact avec vous. Peut-être estimerez-vous que ma démarche est inconvenante et vous aurez certainement raison. Depuis l'accident de votre fils, je ne cesse de m'en vouloir et de penser à votre famille. J'imagine la peine et la souffrance que vous ressentez en permanence. Je voudrais tant revenir en arrière. Les mots sont peu de chose en de pareilles circonstances et loin de moi l'idée que vous pourrez me pardonner, après avoir lu ma lettre.

Si je fais cette démarche auprès de vous, c'est parce qu'il est important pour moi d'apprendre à connaître qui était votre fils. Je lui ai ôté la vie, en pleine jeunesse, à un âge où les projets se mettent en place et se concrétisent. Accepteriez-vous de me parler de lui, de vous et de votre famille ?

Peut-être trouverez-vous insupportable d'évoquer avec moi tous ces souvenirs. Si c'est le cas, je respecte votre choix. Si vous estimez que c'est trop tôt pour me rencontrer, je le comprends également. Je ne sais pas si je mérite une seconde chance. J'espère au plus profond de moi que si vous acceptez cette rencontre, elle pourra, quelque part, vous apporter une forme d'apaisement à vous aussi.

Je me tiens à votre entière disposition et

surtout, ne vous sentez pas tenus de répondre à ma lettre. »

La matinée est passée à toute allure. Le soleil d'automne traverse la fenêtre et Suzanne sent les reflets scintiller dans ses yeux. Ses cheveux blonds prennent une coloration dorée. Elle n'a rien mangé ni bu de la journée. Elle est dans un état second.

Toujours installée sur sa chaise de bureau, elle retranscrit sa lettre sur son ordinateur. Elle se glisse dans la peau d'un professeur de français intransigeant. L'imprimante accouche d'un résultat qui la satisfait. Vouloir apporter du réconfort à cette famille endeuillée devient presque l'essence de sa vie. Après avoir corrigé et développé certaines phrases, elle lit la mouture définitive.

La jeune femme aimerait recevoir un avis extérieur. Alors qu'elle était contente de ce qu'elle avait écrit, elle doute à nouveau. Son manque de confiance en elle remonte à la surface et son sentiment de culpabilité continue à la ronger. Elle entrevoit une solution. Elle allait appeler Judith, lui lire la lettre et lui demander son avis.

Judith souhaite rester à l'écart.

— Je pense que votre lettre doit rester personnelle. Ce sont vos mots, vos pensées. Je ne veux pas m'interposer dans la démarche la plus importante de votre vie.

— S'il vous plaît. J'ai besoin de vous, de votre approbation. Dites-moi ce que vous en pensez.

— Très bien. Lisez-la moi.

Suzanne s'exécute, rassurée que sa nouvelle amie ne la laisse pas tomber. Lorsqu'elle a terminé, elle prend une longue inspiration, inquiète de savoir ce que pense Judith.

— Je suis convaincue que cette lettre va toucher en plein cœur la famille de Thomas. C'est parfait, vous n'en faites pas trop et on ressent la sincérité se dégager de vos propos. Vous y expliquez très bien vos sentiments, vos remords et votre envie de revenir en arrière.

— Ce que vous me dites me touche. Merci de m'épauler, je ne sais pas ce que je ferais sans vous.

Judith ne répond pas. De longues secondes s'écoulent.

— Judith, vous m'entendez ?

— Oui je... Cela me fait plaisir de vous aider. Je dois vous laisser, à bientôt.

Suzanne ne prête pas attention au trouble de son amie. Elle relit son mail une dernière fois et appuie sur le bouton « envoyer ». À ce moment précis, ses poumons se remplissent d'un air plus frais. La souffrance et la culpabilité sont toujours bien là mais leurs symptômes s'atténuent. Elle n'en demande pas plus pour l'instant. Cerise sur le gâteau, cette conversation téléphonique a renforcé le lien qui unit depuis peu les deux femmes. C'était en tout cas l'impression de Suzanne.

Il est déjà seize heures, l'effort qu'elle a déployé pour écrire cette lettre l'a vidée de son énergie. Toujours à jeun, elle se jette sur son lit et se réveille seulement deux heures plus tard. Son corps met quelques minutes à sortir de l'engourdissement. Elle ouvre sa boîte mail : rien. Il était évident que la famille n'allait pas se précipiter pour réagir. Il fallait déjà avoir le cœur bien accroché pour lire un message provenant de la personne responsable de la mort de son fils. Une horreur. Un cauchemar. Suzanne en est consciente et elle se promet de ne plus guetter sa boîte mail jusqu'au lendemain. Il y avait peu de chance qu'une réponse parvienne. Mais sait-on jamais.

Elle avait osé. Sur ce point, elle se sentait fière d'elle. Elle avait mené cette démarche seule et ce, même si elle avait eu besoin de l'avis de son amie. Lorsqu'elle vivait avec Marc, si celui-ci la décourageait de faire quelque chose, elle laissait tomber. Le point de vue de Marc comptait beaucoup pour elle et il avait ce sixième sens en termes de contacts sociaux : il comprenait vite et anticipait les réactions d'autrui. Malgré son langage peu châtié, il en connaissait un paquet sur la vie sociale. « Si on dit ça, telle personne réagit d'une telle façon à la différence d'une autre. » Pas étonnant que le cercle d'amis de Marc soit plus large que la ceinture d'Obélix. Il s'adaptait à chaque situation et à chaque personne. Suzanne, plus posée et pourtant plus observatrice que Marc, n'avait pas ce flair et cette anticipation des réactions. Aujourd'hui elle s'interroge. Qu'aurait pensé Marc de cette lettre ? Peu importe. Elle avance et court vers sa guérison. Elle lui en touchera un mot mercredi.

13

Seule dans son lit, Suzanne réfléchit. Pourquoi avait-elle moins d'amis que Marc ? Elle se remémore ses années sur les bancs de l'école, ainsi que celles passées à l'université.

Dans chaque école primaire, il y a les meneuses et celles qui les écoutent. Son manque de panache et de caractère l'avait conduite à se ranger dans cette seconde catégorie. En secondaire, rien n'avait changé. Elle avait quitté son école de village pour se rendre dans un plus grand établissement. Il avait fallu sortir de sa zone de confort et se recréer un cercle d'amis. Les choses s'étaient faites naturellement. Mais Suzanne demeurait un membre parmi les autres du groupe, sans jamais s'en démarquer.

Sa dernière année avant d'entrer à l'université, elle l'avait passée aux côtés de Sophie et Pauline. Les trois jeunes filles étaient les meilleures amies. Pauline menait la danse. Sophie était fan de Pauline. Suzanne les aimait toutes les deux et faisait tout pour ne pas les contredire. Elles s'étaient promis de s'inscrire dans la même université. Promesse tenue. Les trois amies partageaient une colocation à Louvain-la-Neuve et ne s'étaient pas quittées durant toutes les années d'université, ou presque.

Suzanne s'en souvient comme des années de liberté où elle s'était affranchie des codes de son enfance trop cadrée. Cette autonomie nouvelle la consolidait, la rendait plus forte. Les responsabilités qui pesaient sur elle l'aidaient à mûrir. Elle appréciait sa transformation qui avait réveillé en elle un goût pour la vie. Elle était passionnée par ses études de communication. Elle aimait sortir de temps en temps mais ses deux amies étaient beaucoup plus fêtardes. Pauline et Sophie rentraient tard dans la nuit, souvent accompagnées. De temps à autre, Suzanne se joignait au groupe et c'est à l'une de ces occasions qu'elle avait rencontré Marc. Au cours de la soirée, il avait tenté de se rapprocher de Suzanne, dans un premier temps, de manière maladroite. Espérant attirer son attention, il avait monopolisé la parole en racontant des blagues et anecdotes sur un ton enjoué. Il avait très vite constaté que sa méthode d'approche n'était pas concluante. Suzanne avait l'air excédée et l'avait toisé du regard à plusieurs reprises, tout en poursuivant une discussion animée avec une de ses amies assise à sa droite. Changeant alors de stratégie, il était venu s'installer directement à sa gauche, n'hésitant pas à faire déguerpir un jeune homme qui commençait à s'assoupir. Il avait engagé la conversation avec Suzanne sur un mode naturel qui lui avait plu. Enfin, un garçon qui ne la complimentait pas sur ses yeux ou sur sa silhouette. Marc l'avait questionnée sur ses études et avait manifesté un réel intérêt lorsqu'ils avaient tous deux évoqué les caractéristiques de leurs facultés respectives.

La discussion s'était poursuivie jusqu'au petit matin dans une ambiance festive, entrecoupée de chants tonitruants et de danses de plus en plus débridées au fil des heures. Marc et Suzanne ne s'étaient pas quittés de la soirée mais Suzanne avait préféré rentrer chez elle, accompagnée de ses deux amies.

Avant cette soirée décisive Suzanne avait eu quelques histoires d'un soir. Lors des festivités étudiantes, elle n'était pas insensible aux regards qui se posaient sur elle. Le blond de ses cheveux hypnotisait les garçons. Une vraie blonde avec des yeux d'un bleu si profond qu'ils nouent l'estomac de celui qui les fixe. Suzanne avait du succès mais, selon Pauline, elle ne le mettait pas assez à profit. Elle voulait toujours maquiller Suzanne avant de sortir pour qu'elle soit la plus belle. Suzanne se disait que ces artifices ne changeaient pas grand-chose. Ses fines lunettes rondes attiraient assez l'attention à son goût.

La réputation de Suzanne restait donc intacte, malgré quelques flirts qui s'étaient terminés, à de rares occasions, dans le lit de ses conquêtes. Elle tenait à la discrétion et évitait de fanfaronner à propos de ces aventures sans lendemain. Personne ne jasait à son sujet. Toutes les filles du campus rêveraient d'un tel confort. À cet âge, la réputation prend des proportions énormes. Filles et garçons mentent, n'assument pas leurs soirées de la veille, leurs ébats et leurs excès. Les quelques amis de Suzanne la qualifiaient de sérieuse, noyée dans ses bouquins. Pourtant, elle profitait de chaque instant. Elle savait garder un équilibre entre la liberté qu'offre l'université et la sagesse qui la caractérisait.

Suzanne avait, dès le lendemain de la soirée, senti qu'il pouvait se passer quelque chose avec ce Marc. Ils avaient échangé une série de textos, pendant de longues semaines, avant d'officialiser leur relation. À partir de là, ils ne s'étaient plus privés de nuits torrides et passaient le plus clair de leur temps ensemble. Elle s'était alors éloignée de ses amies qui multipliaient les sorties. Sophie et Pauline traitaient Suzanne de lâcheuse et voulaient la dissuader de s'enchaîner à Marc. Les deux copines poursuivaient un seul objectif : profiter jusqu'à la dernière miette de ces années qui ne reviendraient jamais.

Mais Marc ne l'entendait pas de cette oreille, il désirait garder sa Suzanne pour lui seul. Les deux amoureux ne sortaient plus et s'écartaient des autres. Tout le monde les voyait déjà mariés. Suzanne n'avait d'yeux que pour Marc. Le choix d'une vie bien rangée avait pris le dessus. Elle ne regrette pas ce chemin de vie, du moins, sur un plan familial. Car aujourd'hui, à trente-deux ans, elle n'a aucune amie à qui se confier. Hormis Judith qui reste une énigme.

Pauline avait fini par devenir avocate après plusieurs années d'échec. Étudier deux semaines avant les examens ne l'avait pas aidée. De justesse, elle était parvenue à obtenir son diplôme sans mention. Elle vit à Bruxelles avec un certain Samuel. Sophie n'a pas voulu s'éloigner de Pauline et habite dans l'immeuble voisin avec un couple de chats. Les deux copines continuent de festoyer ensemble. Durant les périodes de confinement strict, les filles ne manquaient jamais leur *e-apéro* quotidien. Samuel se joignait à elles en arrière-plan, derrière Pauline.

Sophie n'a pas décroché son diplôme de psychologue mais a trouvé un boulot qui lui plaît. Elle est secrétaire médicale dans un hôpital. Suzanne l'imagine bien à ce poste car Sophie a toujours été sociable et avenante.

Suzanne n'a plus de nouvelles des deux amies. C'est Marc qui lui avait refilé toutes ces infos. Un de ses amis se trouvait être, par la même occasion, le cousin de Samuel. Et « les amis de mes amis sont mes amis », tu sais bien chérie ?

Marc enfonçait le couteau dans la plaie. Lui rappelant qu'elle était seule. Qu'elle n'était pas parvenue à concilier vie sociale et vie amoureuse. Elle sait, aujourd'hui, qu'elle se sacrifiait pour sa vie de couple, mais surtout pour sa vie de famille. Donner à son fils la meilleure éducation. Être présente, être une mère aimante.

Suzanne aimerait appeler ses deux anciennes copines. Leur dire qu'elle a un fils. Qu'elle a écrasé quelqu'un. Que dans son esprit elle est une meurtrière. Qu'elle a besoin de leur amitié. Elles sont certainement déjà au courant. Suzanne en conclut que rien ne sert de les contacter.

14

Suzanne a enfin récupéré son Opel Corsa car le garagiste avait mis du temps pour se procurer les bonnes pièces. L'engin est comme neuf.

Zut la girafe ! Elle a oublié la peluche préférée de Louis, se précipite à l'intérieur et trébuche dans les escaliers. Le gros orteil vient frapper l'arrête de la marche, ce qui lui provoque une douleur fulgurante. Le ventre crispé et la bouche serrée, elle tient bon... Ce n'est pas le moment de perdre du temps. Elle redescend, installe la girafe sur le siège passager et lui boucle sa ceinture. Cette petite mise en scène fera rire Louis. Elle imagine sa bouille d'ange, sa tignasse blonde cachant ses yeux en amande, ses petits bras autour de son cou, son odeur. Elle a apporté des mandarines, les lui épluchera, ils seront heureux.

Pour se rendre chez les parents de Marc, il faut compter une demi-heure de route. Il est treize heures et si elle se dépêche, elle pourra passer tout l'après-midi avec Louis. Son excitation se cristallise dans son ventre et elle regrette de n'avoir rien avalé depuis le matin, si ce n'est trois tasses de café bien serré. Un message s'affiche sur son téléphone :

Je vous souhaite un merveilleux moment avec votre fils. Amicalement, Judith.

Suzanne répond avant de démarrer. Pas de téléphone au volant. La leçon était apprise, retenue et acquise.

Je vous raconterai Judith, bises.

La portière claque. C'est la première fois qu'elle reconduit depuis l'accident. Pleine d'appréhension, elle n'ose pas appuyer sur l'accélérateur et prend le temps de se calmer. Elle jette un œil sur la girafe qui affiche un sourire malicieux permanent. Pas question de se laisser envahir par la peur ; elle doit se concentrer sur son objectif : revoir Louis. Elle démarre enfin, tout en douceur et reste sur ses gardes. Conduire ne sera plus jamais comme avant et elle devait s'y préparer mentalement. Le psy l'avait avertie. La pluie qui fouette les vitres de la voiture ne l'aide pas. Heureusement, peu à peu le ciel prend des nuances bleu-gris. Peut-être pourront-ils aller se balader ?

Suzanne gare la voiture dans l'allée. Cachée derrière les sacs de jouets, elle se rapproche de la maison de ses beaux-parents. On peut encore apercevoir le goal de foot et le panier de basket accroché au mur du jardin alors que seuls les parents de Marc vivent maintenant ici.

Suzanne remarque qu'Agnès a relâché ses efforts pour entretenir le jardin. Les mauvaises herbes dans les graviers de l'allée trahissent un certain laisser-aller. Jean, lui, n'avait pas la main verte et ne s'était jamais occupé du jardin. Il était féru de bricolage et passait son temps à rafistoler ou consolider le matériel et les équipements sportifs de ses fils.

Arrivée devant la porte d'entrée, Suzanne sonne d'un geste sûr. Louis lui ouvre.

— Maman !!!

Il bondit dans les bras de sa mère qui le fait tournoyer, si heureuse de retrouver son petit garçon. Le visage de Marc apparaît derrière Louis. Un peu gauche, il la salue et l'invite à entrer.

— Tu veux boire quelque chose ?

— Un verre d'eau, merci.

— Plate ou pétillante ?

— Euh... plate !

Marc est distant et ne fait rien pour détendre l'atmosphère. Il se sert d'abord un verre d'eau gazeuse avant d'aller chercher la bouteille d'eau plate. Sans s'adresser un mot, le couple s'installe dans le vieux canapé en cuir bordeaux. Louis vient se blottir dans les bras de Suzanne qui ne peut s'empêcher d'inspecter les lieux. Rien à redire, la maison est rangée et ça sent bon.

— Tes parents ne sont pas là ?

— Non, ils sont partis se promener. C'est la période des champignons.

— Ah oui, juste.

Elle se remémore certains week-ends d'automne, passés dans cette maison. Les après-midi étaient consacrés à la cueillette de champignons sauvages. Les bois avoisinants regorgeaient de chanterelles, de girolles et de trompettes-de-la-mort. Le soir, ils cuisinaient leur butin qui réchauffait le cœur des nuits froides.

Marc avait allumé un feu. Louis s'amuse à sauter des genoux de Suzanne comme s'il glissait sur son toboggan favori. Il retrouve ses jeux enfouis dans les sacs et se couche sur le tapis devant ses parents. Le feu fait scintiller ses cheveux blonds. Un ange passe. Suzanne ne sait pas par où commencer. C'est Marc qui prend les devants.

— Ça va, toi ?

— Ça va mieux.

Suzanne n'avait aucune envie de se sentir coincée. D'assumer le rôle central de la conversation.

— On parle après si tu veux. J'aimerais profiter de ce moment avec Louis.

— Bien sûr.

Marc commence à se détendre et se montre plus accueillant.

— Maman, tu joues avec moi ?

Louis tire sur le pantalon de sa mère. Pressé de donner vie à ses figurines qui lui ont tant manqué, il ne la lâche pas. Suzanne regarde son fils avec amour et s'assied en indien à côté de lui. Les minutes et les heures passent. Louis semble heureux et reste concentré sur le jeu. Suzanne se dit qu'il est en bonne santé et bien habillé. Il n'a ni maigri, ni grossi. Et surtout, il n'a pas encore pleuré depuis son arrivée.

Marc s'éclipse sans que Suzanne n'y prête attention. Vient l'heure du goûter et la famille s'installe à table. Ils épluchent ensemble des mandarines. Entouré de ses deux parents, Louis rit comme au bon vieux temps. Suzanne regarde les mains de Marc et relève la tête pour poser ses yeux dans les siens. Elle le trouve beau. Ses cheveux, châtain clair, sont plus foncés que ceux de Suzanne et de leur fils. Des petites boucles dont il a toujours eu honte apportent une douceur à son visage. Sa peau est claire, sans imperfection et ses yeux bleus virent parfois au gris, comme une encre séchée depuis un siècle. Suzanne repense aux moments heureux vécus ensemble. Elle continue à le regarder, tentant de déceler ses intentions. Marc en est conscient mais fait semblant de rien, achevant de conter l'histoire de la mandarine à Louis. Une tradition de famille.

Louis se met à pleurer car il vient de recevoir un jet de jus de mandarine dans l'œil. Suzanne tente de le consoler mais rien n'y fait. Marc se tourne vers Suzanne :

— Vraiment Suzanne, Louis ne va pas bien.

Suzanne ne comprend pas. Le petit semblait en forme.

— Il pleure sans arrêt. Ça, tu vas me dire, c'est habituel mais depuis quelque temps, il ne cesse de te réclamer...

Le cœur de Suzanne se serre. Elle balbutie :

— C'est normal.

Elle baisse la tête et retient ses larmes. Surtout ne pas faire aveu de faiblesse devant son fils.

— Un petit garçon de quatre ans a encore besoin de sa maman.

— Je sais Suzanne, mais notre situation est compliquée.

— Je t'ai dit que je ne voulais pas aborder ce sujet maintenant. Laisse-moi souffler.

Suzanne a élevé la voix. Louis arrête de pleurer et la regarde :

— Maman, je peux aller jouer ?

— Oui mon cœur, je te rejoins plus tard.

Il est seize heures trente, Suzanne prend conscience que ce n'est plus le moment de se dérober. Il faut qu'elle affronte Marc, qu'elle engage cette conversation qu'elle appréhende tant. Car il n'est pas question qu'elle rende visite à son fils de temps en temps, selon le bon vouloir de son compagnon. Elle refuse de subir toute sa vie les conséquences de son accident. Malgré la trahison de Marc et son comportement après l'accident, elle est prête à passer l'éponge. Tirer un trait sur le passé afin de revenir à l'essentiel : sa famille.

Bien déterminée à ne pas se laisser faire, elle se tourne vers Marc :

— Tu n'as pas le droit de te servir de mon accident pour t'approprier Louis.

— Je sais Suzanne mais ce qui t'est arrivé n'est pas anodin. Je ne peux pas faire comme si de rien n'était.

— Quel rapport avec nous ? Si tu estimes que je suis devenue dangereuse pour Louis, il faudra que tu ailles le prouver devant les tribunaux. Je tiens quand même à te dire que si j'ai eu cet accident, c'est en partie à cause de toi !

— Tu déconnes là, merde ! Qu'est-ce que je viens foutre là-dedans ?

— C'est toi qui me harcelais de messages pour te faire pardonner d'avoir sauté cette fille. Et quand j'étais au volant pour aller rechercher Louis, j'ai été distraite par tes sms.

— Oh ! Mais excuse-moi Suzanne ! réplique Marc d'un ton mielleux. Voilà, t'es contente maintenant ?

— Non je ne suis pas contente. J'essaie de faire au mieux pour ce qui est de l'accident. Pour ce qui est de Louis, j'espère que tu vas retrouver la raison, c'est notre fils à tous les deux...

Le couple se déplace dans la cuisine afin que Louis n'entende pas la conversation. Suzanne poursuit :

— Je suis prête à oublier. Je veux qu'on retrouve cette magie entre nous trois. Récupérer ce qu'il nous reste de ces moments d'enchantement. Je veux retourner en arrière. Avant que tous ces problèmes ne nous tombent dessus. Je t'en conjure, rentrons à la maison, dès ce soir. Essayons au moins ! Pour Louis.

— Je ne sais pas... Je suis bien conscient que nous sommes tous les deux les parents de Louis et que nous avons les mêmes droits. Mais je sais que cet accident t'a beaucoup perturbée et que tu es fragilisée. Tu as peut-être besoin de soins. Je suis inquiet à l'idée que Louis aille vivre avec toi.

Suzanne pensait Marc prêt à craquer quand il avait dit que Louis la réclamait. Mais soudain une idée lui traverse l'esprit :

— Et toi, pourquoi ne veux-tu pas revenir, à titre personnel ?

Marc laisse flotter un silence. Suzanne commence à percevoir que quelque chose ne tourne pas rond. Elle scrute la pièce. Dans le salon, sur les chaises, au porte-manteau, s'apprête-t-elle à trouver un indice qui trahirait la culpabilité de Marc ? L'avait-il encore trompée avec cette fille ? Pourquoi refuse-t-il de rentrer à la maison ? Elle perd pied.

— Réponds-moi !

Marc, appuyé contre le radiateur de la cuisine, se retourne vers la fenêtre, et lui répond en regardant l'horizon, le dos tourné :

— Je ne suis pas sûr de vouloir revenir.

— Quoi ? Mais, c'est toi qui me suppliais de te pardonner, après ton écart.

— Cet accident ne t'a peut-être pas choquée mais moi si. Je ne supporte pas l'idée d'être le compagnon d'une femme qui écrase les gens.

— Pardon ? Ta réaction est vraiment puérile. Je ne sais pas quoi te dire.

— Je ne veux plus revivre avec toi Suzanne, tu comprends ça ? Cette pause m'a fait du bien. On a vécu de magnifiques années ensemble mais pour moi, c'est terminé.

Au fond, Suzanne s'y attendait... et pourtant elle s'entend dire :

— Mais Marc, je t'aime.

Elle ne sait plus comment réagir. S'énerver, hurler, pleurer. Tout se mélange.

— Je suis désolé.

Déstabilisée, elle n'ose pas lui demander s'il a recommencé à fréquenter la fille de septembre. Elle réalise que Marc vient de gommer un pan entier de leur passé. D'un coup de baguette magique, comme si rien n'avait compté pour lui. Elle qui avait, il y a quelques semaines encore, l'ascendant sur la situation, se retrouve en position de faiblesse.

Marc se tourne vers elle, comme ému par les larmes qui coulent sur son visage. Ils se remettent à discuter, à évoquer des souvenirs et la tension retombe. Marc ne revient pas sur ce qu'il a dit mais la phase de rupture va prendre du temps. Ils prévoient de reparler de la garde de Louis plus calmement. Marc rassure Suzanne en lui disant qu'il n'a pas l'intention de la priver de son fils. Elle ne sait plus quoi penser.

Le soleil se couche. Louis affiche des signes de fatigue et se blottit dans le fauteuil pour regarder ses dessins animés préférés. Marc propose à Suzanne de rester dîner. Songeuse, elle est tentée de profiter de cette dernière soirée en famille. Les parents de Marc seront au restaurant et rentreront tard. Avant même qu'elle ait acquiescé, il se met aux fourneaux et prépare un plat de pâtes simple mais efficace. Louis engloutit ses spaghettis en quelques secondes et tousse car il a avalé de travers. Suzanne s'inquiète mais Marc tape deux coups dans le dos de l'enfant et l'affaire est réglée. Le petit peut quitter la table et c'est bientôt l'heure de le mettre au lit. Le couple reste alors seul avec une bouteille de vin rouge. Suzanne se limite à un verre, consciente de la route qui l'attend. Avec ses antécédents, il n'était pas question de boire une goutte supplémentaire à la limite autorisée.

Marc se dandine. Suzanne l'observe. Louis lui ressemble beaucoup même si leur caractère s'oppose sur bien des aspects. Louis est si craintif et sensible alors que son père est plein d'assurance. Suzanne le trouve toujours aussi séduisant malgré la distance qui s'est creusée entre eux depuis quelques semaines.

Lui, ne se restreint pas. La bouteille se vide à vue d'œil. Un verre, deux verres, trois verres sans prononcer un mot. Le journal télévisé en fond sonore fait son job, couvrant le silence qui s'installe dans la pièce.

— Suzanne regarde-moi.

Désinhibé, Marc saisit les mains de Suzanne. Elle les retire, comme par réflexe.

— J'ai vraiment été con tout à l'heure.

— À quoi tu joues ?

Suzanne n'a pas envie de rentrer. Elle se sent mieux avec son fils à proximité mais Marc réagit bizarrement. Elle ne comprend plus rien : d'abord, elle se fait jeter comme un vulgaire torchon et maintenant, il revient miauler à son épaule.

— Franchement, c'est trop bête ! Reste dormir ce soir ! Tu peux squatter l'une des chambres de mes frères.

— Non Marc, merci.

— Allez, on boit un coup une dernière fois ensemble et puis demain tu pars le cœur léger.

Suzanne n'apprécie pas son ton. Comme si tout était aussi simple ! Tiraillée par des sentiments contradictoires, elle n'arrive pas à prendre de décision. Marc lui ressert un verre de rouge et elle se détend. Ses muscles se dénouent. Marc ouvre une deuxième bouteille et de plus en plus tactile, murmure à son oreille :

— Tu es trop alcoolisée pour reprendre le volant.

Suzanne n'est pas totalement convaincue des intentions de Marc mais elle sait qu'il a raison et elle cesse de réfléchir. Elle savoure cet instant de volupté, se laissant bercer par les profondeurs de la nuit. Marc sourit comme au premier jour et vient maintenant s'asseoir à sa droite. Ses grandes mains se glissent dans son dos. Ses gestes se font de plus en plus sûrs et insistants. Il l'enlace et vient poser ses lèvres sur les siennes, puis d'un geste impérieux, l'entraîne dans la chambre à l'étage. Son doigt fait glisser le pull de Suzanne sur son épaule. Avant de le lui ôter, il l'embrasse longuement. Elle ne réfléchit pas. Elle aime se sentir désirée par *son* homme. Même s'il sent l'alcool, elle s'en fiche. Il lui lèche la joue et rit, la pousse délicatement sur le lit. Le désir est toujours là entre eux. Suzanne, brûlante, déboutonne le pantalon de Marc et ils font l'amour comme si rien n'avait changé. Avant qu'elle n'apprenne que Marc la trompait, ils s'aimaient presque tous les soirs, sans vraiment se poser de questions. Marc avait une libido d'animal et Suzanne suivait toujours... Marc lance un râle sans cesser d'appuyer ses lèvres contre celles de Suzanne. Après avoir joui en elle, il s'endort tandis qu'elle trouve le sommeil avec difficulté. Dans la chambre d'à côté, Louis dort paisiblement, imaginant ses parents à nouveau réunis.

Suzanne se réveille tôt. Elle ne sait pas que penser de sa journée de la veille. Elle a hâte de tout raconter à Judith. Marc allait-il la suivre ? Ou rester sur sa position ? Soudain lui vient l'idée que Marc aurait pu profiter de son état de faiblesse. Suzanne est en tout cas persuadée d'une chose : s'il a couché avec elle, c'est qu'il n'y a pas d'autre fille. Pas de jeune fille sexy qui se cache sous ses mensonges.

Marc dort toujours et Suzanne cogite pendant plus d'une heure avant que Louis ne donne signe de vie. L'enfant finit par se lever, pose un baiser sur la joue de sa mère avant de courir se poster devant les dessins animés. Suzanne ne se sent pas à sa place dans cette maison. Marc se réveille et s'approche d'elle.

— Bien dormi, ma Suzanne ?

Il parle avec son ton enjôleur.

— Et toi ?

— Mmmm oui.

Les bras grands ouverts, il invite Suzanne à le rejoindre. Elle obéit, le cœur battant à l'idée qu'il la rejette à nouveau. Elle se raidit lorsque les doigts de Marc parcourent son corps, puis petit à petit se détend à nouveau et l'embrasse. Soucieuse d'alléger l'atmosphère, elle engage la conversation et raconte ce qui l'a occupée ces derniers jours. Elle omet l'épisode des menaces et ne parle pas de son intention de rendre visite à la famille de la victime. D'ailleurs elle saisit son téléphone pour rafraîchir sa boîte mail. Toujours aucune réponse des parents de Thomas. Son geste n'échappe pas à Marc.

— Harcelée de mails par le boulot ? Repose-toi ! En plus, tu ne travailles plus en ce moment si ?

— Non... oui... pardon, c'est un réflexe.

Pourvu que Marc ne se doute de rien. Suzanne ne désire pas partager ce projet avec lui. Il trouverait ça irrationnel et l'en dissuaderait. Revenant à leur conversation, elle lui raconte sa rencontre avec Judith.

— Au moins, depuis que vous êtes partis, je me suis fait une nouvelle copine...

Elle sourit. On peut lire la gaîté sur son visage.

— Ça m'étonnerait ça ! Et qui est cette personne ?

Marc la regarde, amusé, sans la croire.

— Elle s'appelle Judith. Cette femme est un mystère mais c'est quelqu'un de très à l'écoute.

— Judith comment ?

Suzanne réfléchit. Elle n'en a pas la moindre idée. Elle a dû oublier son nom de famille avec les souvenirs de la première nuit.

— Je l'ignore. Tiens à propos, ma mère est venue me rendre visite plusieurs fois depuis l'accident et elle prend régulièrement des nouvelles.

Marc tripote ses cheveux. Il n'écoute plus ce que Suzanne lui explique. Depuis qu'elle raconte sa vie, il décroche. Ça ne l'intéresse pas.

Il pose un baiser sur ses lèvres et glisse sa main entre ses jambes. Elle le repousse. Elle n'a pas envie. Elle le désire mais ne veut pas être son objet. Elle ne supporterait pas qu'il la prenne et qu'il la jette. Marc n'insiste pas et lui sourit.

— Tu rentres à quelle heure ?

Vexée qu'on lui fasse sentir qu'elle est de trop, elle réagit de manière agressive :

— Pourquoi, tu veux que je parte ? Je t'oppresse ?

— Non pas du tout ma Suzanne, viens ici.

Son étreinte se resserre autour de la taille de la jeune femme. Il presse sa tête contre ses seins, la mitraille de baisers. Perdue, elle fond et durcit en même temps. Tiraillée entre la faiblesse de son corps et la colère de son esprit, elle décide de placer Marc face à ses responsabilités. Il doit respecter une cohérence entre ce qu'il dit et ce qu'il fait. Mais personne ne peut l'obliger, se dit-elle ; il a le droit de rester ici, de vivre avec ses parents pour toujours. Ou alors cachait-il autre chose ? Un autre plan où elle ne serait pas conviée ? Suzanne fabule et en vient à imaginer que Marc lui ment depuis le début. Qu'il ne loge pas chez ses parents mais bien chez sa maîtresse. Que seuls ses beaux-parents s'occupent de son petit garçon. Marc la regarde, encore. Avec un air énigmatique. Elle tente le tout pour le tout. Priant de tout son cœur pour que sa famille l'accompagne.

— Vous me rejoignez ce soir ?

— Non, Suzanne.

La mâchoire de la jeune femme se fige, ses poings se ferment.

— Pourquoi ? Pourquoi tu agis comme ça alors avec moi ? Pourquoi tu couches avec moi et m'embrasses comme si nous formions toujours un couple ?

Il sourit et regarde Suzanne avec pitié. Il est intouchable. Rien ne peut lui arriver. C'est lui qui tire les ficelles.

— Nous avons eu cette discussion hier. Je ne sais pas quoi te dire de plus. Ça m'a fait du bien de te retrouver cette nuit mais ça ne changera rien.

Suzanne aurait pu deviner mot pour mot ce que Marc venait de lui déballer. Elle se relève précipitamment et enfile ses vêtements à la hâte.

— Et pour la garde de Louis ? Je te préviens, je ne lâcherai pas, j'irai jusqu'au bout...

— Pour Louis, je vois bien qu'il a besoin de sa mère. Comme nous en avons discuté hier, je suis prêt à te le laisser.

— Quoi ?

Suzanne n'en demande pas plus. Marc l'a déçue et se joue d'elle. Mais pour Louis, rien ne pourrait lui faire plus plaisir.

— Il peut partir avec toi aujourd'hui. Et tu le ramènes ce week-end ? Je suis prêt à faire une garde alternée souple.

Suzanne se rassied au pied du lit. Ils ne pouvaient pas prendre une telle décision, comme ça, à moitié nus.

Ils s'installent dans la salle à manger. Les parents de Marc se font toujours discrets.

— Je propose qu'on alterne la garde tous les trois jours. Ça t'irait ?

— Oui. Mais sois prudente avec lui.

La goutte de trop. Marc la prenait toujours pour une folle dangereuse.

— Je vais mieux Marc. Combien de fois vais-je devoir te le dire ? De nous deux, c'est toi qui agis le plus bizarrement. Tu manques de stabilité et de cohérence.

— Je n'ai pas envie qu'on recommence à s'engueuler. On est d'accord pour Louis. Pour le reste chacun s'occupe de sa vie. Sauf si tu veux revenir me voir certains soirs pour passer une bonne soirée.

— Qui es-tu devenu Marc ? Je ne te reconnais plus.

Elle se lève. Déçue par Marc, mais soulagée de ramener son fils à la maison.

— Tu viens mon chéri ? Tu repars avec maman aujourd'hui ?

— Où ça Maman ?

Des croûtes entourent les yeux de Louis. Il semble fatigué. Ne comprenant pas la situation, il part se coucher dans le canapé.

— Allez mon bébé, viens on va t'habiller.

— Non Maman ! Je reste ici.

Suzanne se sent triste, son fils ne perçoit pas qu'il va rentrer chez lui où l'attendent sa vie, ses jouets, son confort. Quand elle le prend dans ses bras, le petit se met à hurler et pousse des cris stridents.

Sa tartine dans la main, Marc vient à la rescousse et explique à Louis ce qu'il va se passer. Avec des mots simples et un langage compréhensible, il parvient à calmer ses pleurs. Louis frotte son doudou sur ses yeux, encore gonflés.

Cet enfant est mort de fatigue un jeudi matin. Ce n'est pas normal, pense Suzanne. Elle lui glisse sa tétine dans la bouche et lui enfile son manteau. Louis prenait encore sa tétine dans les moments difficiles. Les médecins les avaient pourtant avertis qu'il fallait cesser cette habitude, « auquel cas il ne grandira jamais ». Les parents s'efforçaient de respecter la consigne, mais lorsque rien ne pouvait arrêter les pleurs de Louis, la tétine restait leur seule solution efficace.

Bien sanglé à l'arrière de la voiture, Louis commence à fermer un œil, puis l'autre. Suzanne attache également sa ceinture. Collé à la portière, Marc vérifie que tout se passe bien. Il n'a pas l'air perturbé, alors qu'une croix vient d'être dessinée à l'encre indélébile sur leur couple ; Suzanne l'a compris : malgré cette dernière nuit aux étreintes infinies, leur avenir s'était envolé. Il n'y aurait plus de Marc et Suzanne ni de Suzanne et Marc. C'était fini.

— Ça va aller ? Tu as mis le G.P.S. ?

Suzanne écoute à peine, perdue dans ses pensées et ses souvenirs. La nostalgie et le chagrin l'envahissent. Marc ne reviendrait jamais. Elle redresse la tête et jette un œil dans le rétroviseur ; Louis dort paisiblement. Son cou se tord pour se poser contre la paroi du siège auto. La jeune femme tente de se rassurer. Elle va pouvoir vivre avec son fils. Elle n'est plus seule.

Marc claque la portière et lui adresse un signe de la main. Le démarrage en douceur mène la voiture dans les chemins boisés.

15

Au moment où Suzanne se gare, Louis se met à hurler. Elle en comprend la raison en sortant du véhicule : un rat est pendu à sa boîte aux lettres. C'en est trop, elle retient un cri, s'engouffre dans la maison et cache les yeux de Louis :

— C'est rien mon chéri. Juste une marionnette en tissu que le voisin a accrochée pour que les oiseaux ne viennent pas manger ses cerises.

Suzanne tente de faire bonne figure mais son sang se glace. Elle est terrorisée à l'idée que son ennemi anonyme passe un jour à l'acte. Elle ne peut plus occulter être la victime d'un harcèlement et ce constat met tout son corps en alerte. Ses jambes sont de coton, son cœur ne cesse de vouloir sortir de sa poitrine mais elle se tient à sa priorité : Louis. Il mérite toute son attention, le problème devra se régler plus tard.

Louis court retrouver sa chambre d'enfant et s'affale sur son tapis de jeu. Rien n'a bougé. Le lit en forme de fusée, les caisses débordant de jouets et la moquette bleu ciel. Pour ses trois ans, Suzanne avait invité tous les enfants de la classe et organisé un spectacle de marionnettes. Charlotte et Mounia avaient été réquisitionnées pour l'aider à assurer l'intendance. Les trois femmes avaient beaucoup ri, cachées et serrées l'une contre l'autre derrière le petit rideau d'où sortaient les personnages articulés. Les enfants, très excités, applaudissaient et en redemandaient jusqu'au moment où Marc avait annoncé à la joyeuse troupe qu'il était l'heure du gâteau. Suzanne espère que Louis, malgré son jeune âge, gardera des souvenirs de cette journée.

Louis revient vers sa mère tout sourire et ses cheveux bouclés dans les yeux :

— Maman, t'as trouvé celles qui me manquaient ?

Suzanne avait acheté deux nouvelles figurines d'animaux pour son retour, afin de compléter sa collection. Laissant Louis dans sa chambre, elle quitte la pièce pour préparer le déjeuner. Le frigo regorge de légumes et de gratins qu'Isabelle lui a préparés. Avant de se mettre aux fourneaux, Suzanne jette un œil sur son portable et ouvre sa boîte mail. Les parents de Thomas ont répondu.

Bonjour Madame, nous vous remercions pour votre email. Nous sommes prêts à fixer une rencontre avec vous. Seriez-vous disponible ce week-end ? Bien à vous, Laeticia et Victor Renier.

Stupéfaite, elle vacille. Le message n'est ni menaçant, ni incendiaire. La formulation du mail est même amicale et Suzanne se dit aussitôt que les menaces ne doivent pas provenir de la famille de Thomas. Elle se promet de déposer plainte au commissariat dès que possible. Dans l'immédiat, elle est soulagée que les Renier aient répondu à son appel au secours.

Elle n'a pas le temps de répondre qu'un second message s'affiche à l'écran.

Chère Suzanne. Je suis impatiente d'avoir de vos nouvelles. Puis-je passer chez vous dans la journée ? Amicalement, Judith.

Des sentiments mêlés se bousculent : le message de Judith la conforte dans l'idée qu'elle avait enfin une amie, quelqu'un à qui confier ses problèmes et son quotidien. Elle est également contente que son message ait donné envie aux parents de Thomas de lui répondre. Pour le moment elle préfère ne pas penser à Marc. Mais la vision du rat crevé l'obsède. Suzanne surveille le plat de moussaka qui gratine dans le four. Décidément, elle ne parvient pas à se détendre.

Le téléphone vibre : une réponse de Laetitia qui lui communique son adresse précise. À première vue, le trajet devrait durer une quarantaine de minutes. Elle s'y rendra en train. Arriver au volant de sa voiture pourrait choquer le couple et raviver en eux de douloureux souvenirs. Suzanne veut mettre tout en œuvre pour faciliter la rencontre avec monsieur et madame Renier. Il n'est pas question de leur imposer une souffrance supplémentaire.

Après leur déjeuner, mère et fils s'installent dans le canapé du salon, un livre à la main. Suzanne essaie de ne plus penser aux menaces. Après une heure de tendresse partagée, elle sursaute en entendant la sonnette de la porte d'entrée.

Judith qui a pensé que Suzanne avait besoin de douceur après sa confrontation avec Marc, arrive avec un bouquet de fleurs. La jeune femme est touchée par cette marque d'affection et lui propose de s'installer dans le salon. C'est la première fois que Judith rencontre Louis. Suzanne place son doigt devant sa bouche, lui faisant comprendre que le petit s'était endormi. Elles optent finalement pour la cuisine qui n'est pas très grande. La famille y déjeunait tous les jours et y dînait quelques soirs en semaine. Le week-end et les soirs plus importants, Suzanne et Marc s'attablaient dans la salle à manger, plus spacieuse.

— Quel beau garçon vous avez !

— Merci Judith !

— Racontez-moi comment ça s'est passé avec Marc ! J'attendais vos messages...

— Désolée, j'ai été très prise ces temps-ci. Beaucoup de nouvelles en même temps et je n'arrive pas à tout gérer.

— Je comprends. Vous vivez des moments difficiles.

— D'ailleurs...

La voix de Suzanne tremble. L'impression qu'elle s'engage sur un chemin sinueux.

— J'ai encore été victime de menaces : un cadavre d'animal à nouveau pendu à ma boîte aux lettres.

— Ma pauvre... Vous devez impérativement agir et vous défendre.

— Je vais me rendre au commissariat, je suis décidée.

La conversation se poursuit sans interruption. Suzanne raconte sa visite chez les parents de Marc. Elle n'omet aucun détail, y compris la nuit avec Marc. Les retrouvailles des chairs. Judith regarde son interlocutrice avec compassion. Elle écoute et hoche la tête. Impossible de déchiffrer ce qu'elle ressent.

Aujourd'hui, elle arbore un poncho en fourrure rouge. Son pantalon noir et ses bottillons à talon aiguille lui donnent une allure longiligne. Son maquillage est chargé comme lors de leur première rencontre. Suzanne admire la beauté de Judith. Une beauté insolente, qui n'a pas peur du regard des autres. Suzanne envie cette audace.

Les deux femmes continuent à discuter. Suzanne en vient à un épisode capital de ces derniers jours : la réponse de la famille de la victime. Judith écarquille les yeux, très étonnée que ce couple lui ait répondu aussi vite. Pour Suzanne, c'est évidemment une bonne nouvelle. Judith semble, quant à elle, plus perplexe.

— Vous ne devez pas tirer des conclusions trop hâtives. Ce n'est pas parce que cette famille vous répond si rapidement et avec politesse que ce n'est pas elle qui se cache derrière ces menaces.

Suzanne est vexée. Elle a l'impression que Judith la trouve crédule mais n'en laisse rien paraître.

— Je comprends votre point de vue, chère Judith. Mais je compte me rendre chez ce couple. Découvrir qui est Thomas. Qui *était* Thomas.

— Vous devez rester très prudente lorsque vous vous rendrez chez eux. Promettez-le-moi !

Les mains de Judith saisissent celles de Suzanne. La paume de Judith est glacée. Un frisson parcourt Suzanne.

— Promis. Ne vous inquiétez pas pour moi.

Suzanne souhaite en apprendre davantage sur

la vie de Judith. Le sens de l'échange entre les deux amies opère un virage à cent quatre-vingts degrés. C'est à présent Judith qui se retrouve au centre de la conversation. Hormis la mort de son mari, il y a de nombreuses années, Suzanne ne connaît presque rien de sa nouvelle amie.

Judith parle beaucoup sans vraiment se dévoiler. Elle a grandi en Pologne et ses parents ont décidé de quitter Varsovie pour trouver du travail. Ils ont opté pour la Belgique un peu par hasard. Issue d'une famille plus que modeste, Judith avait pris goût à la vie de luxe lorsqu'elle avait rencontré son futur mari. Un riche homme d'affaires dont elle était très vite tombée amoureuse, et aux côtés duquel elle avait mené la grande vie. Depuis qu'elle avait perdu son mari, elle vivait seule. Des aventures sans lendemain venaient pimenter son quotidien, çà et là. Suzanne saisit l'occasion pour gratter cette partie plus croustillante.

— Racontez-moi Judith ! Amusez-moi avec vos rencontres d'un soir. Vous devez avoir beaucoup d'expérience.

Mais Suzanne se retrouve face à un mur. Judith sourit mais laisse percevoir une gêne. Suzanne avait franchi la ligne et change rapidement de sujet :

— Vous reste-t-il de la famille ici en Belgique, ou en Pologne ?

Question classique, presque banale et pourtant Judith se fige, le regard douloureux, hésite à répondre mais se ravise.

— Désolée Judith, je sens que je vous contrarie

avec mes questions. Pour moi c'est naturel de me confier à vous, je vois bien que vous n'en avez pas envie.

— Non ce n'est pas cela, enfin... je veux dire, ce n'est pas une question d'envie. C'est que... j'ai un frère de six ans de moins que moi que je n'ai plus vu depuis trente ans. Après autant d'années, je n'arrive toujours pas à parler de lui sans me sentir mal. Comment vous expliquer ? J'avais dix ans et mon frère Nicolae en avait quatre. Ma mère n'a pas supporté de quitter la Pologne et elle avait le mal du pays. Au début, mon père ne s'inquiétait pas, pensant que ça lui passerait. Son état s'est aggravé et tous les médecins consultés parlaient de dépression sévère. Je ne comprenais pas ce que cela voulait dire mais je faisais tout pour le cacher à mon frère. Je voulais le protéger. Je me suis mise à m'en occuper et à suppléer aux carences de ma mère qui passait ses journées au lit. Chaque jour, je me levais aux aurores pour préparer le chocolat chaud de Nicolae, ranger la vaisselle et vérifier son cartable, avant de partir tous les deux en bus jusqu'à l'école. Je le récupérais à seize heures et nous refaisions ensemble le trajet en sens inverse, main dans la main. De retour à la maison, je l'envoyais embrasser notre mère qui somnolait à l'étage pendant que je repartais seule, chez l'épicier du coin, acheter de quoi constituer notre maigre repas du soir.

— Judith, arrêtez, je vois bien que cela vous fait du mal d'évoquer tout ce passé.

— Non. Cela fait trop longtemps que j'enfouis tous ces souvenirs en moi.

Le regard fixe, sans trembler, elle poursuit :

— J'ai élevé Nicolae, je l'aidais à faire ses devoirs et je passais des heures à lui raconter des histoires et à le rassurer. Pendant ce temps-là, mon père s'absentait de plus en plus, pour travailler nous disait-il. Je comprenais qu'il fuyait ce quotidien qui le dépassait et l'effrayait. Nicolae avait besoin de moi et j'avais cette sensation, confuse, que lui aussi était tout pour moi.

— Mais que s'est-il passé ? Où est-il ?

La voix de Judith se fait dure.

— Lorsque Nicolae a eu douze ans, son comportement avec moi a changé. Il disait que je l'étouffais, que je l'empêchais de vivre. Notre mère est décédée deux ans plus tard et Nicolae a insisté auprès de notre père pour partir à l'internat en semaine. J'avais dix-huit ans et les études ne m'intéressaient pas. Le plus important, pour moi, c'était Nicolae et je ne savais plus comment faire pour qu'il reste auprès de moi. Je me pliais en quatre pour satisfaire ses moindres désirs. Rien n'y a fait. Mon frère a quitté la maison et revenait de moins en moins souvent. Il écourtait ses week-ends, pressé de les terminer chez ses nouveaux camarades d'internat. Il a commencé à m'éviter, pire, à refuser de m'adresser la parole. Il m'avait rayée de la carte alors que, dans mon esprit, il me devait tout.

Les yeux de Judith brillent. La colère et l'incompréhension ne l'ont-elles toujours pas quittée, après toutes ces années, se demande Suzanne.

— Qu'est-il devenu ?

— Nous avons eu une violente dispute, le jour

de son dix-huitième anniversaire. Il m'a reproché de ne pas lui avoir permis de grandir. Il s'était senti coincé entre les mailles d'un filet. J'avais trop d'emprise sur lui. Ce sont les termes qu'il a utilisés. C'est un comble !

— Vous avez dû vous sentir abandonnée.

— Oui complètement. Heureusement ma rencontre avec Aleksy a été salutaire. Nous avons eu un véritable coup de foudre et très vite, il n'a plus pu se passer de moi. Il était plus âgé mais il aimait tellement que je sois présente. Il ne supportait pas que nous soyons éloignés plus d'une journée l'un de l'autre. Je me suis de nouveau sentie utile et... aimée en retour.

— Vous ne m'avez toujours pas dit ce que Nicolae était devenu ?

— Je ne l'ai plus revu, si ce n'est aux funérailles de notre père mort un an plus tard. Nous ne nous sommes pas adressé la parole. Une fois la cérémonie bâclée, nous sommes repartis chacun de notre côté, sans un geste l'un pour l'autre.

Suzanne intervient doucement :

— Finalement nous avons vécu une enfance bien différente l'une de l'autre mais nous avons toutes les deux souffert de l'absence de notre mère. La mienne s'intéressait plus à elle-même qu'à moi et la vôtre n'était pas capable d'assumer son rôle de mère, en raison de sa maladie.

— Ce n'est pas ma mère qui m'a fait souffrir, c'est mon frère. Il m'a rejetée quand il n'a plus eu besoin de moi et...

Judith est interrompue par Louis qui fait irruption dans la pièce et se jette dans les bras de

Suzanne. Celle-ci s'apprête à le renvoyer dans sa chambre, ce n'était pas le moment de le présenter à Judith mais en une fraction de seconde, l'invitée retrouve son panache, attendrie par la vue du petit. Louis, lui, reste indifférent. Le regard tourné vers sa mère : il s'ennuie, il a faim.

— Et si nous faisions un gâteau tous ensemble ?

Judith s'est interposée dans la conversation avec une facilité déconcertante. Louis semble effrayé par son allure sombre. Elle essaye à nouveau de convaincre l'enfant qui s'exclame :

— Oh oui Maman un gâteau !

— Va pour un gâteau alors !

Ce n'était pas prévu, mais après tout, pourquoi pas ! Suzanne, encore toute aux confidences de son amie, va chercher un moule dans l'armoire pendant que Louis ouvre le frigo, à la recherche des œufs.

Le gâteau au chocolat ressort fondant du four. Ils le dégustent, à trois, dans le calme. Suzanne a une idée. Pourquoi ne prendrait-elle pas une photo des trois pâtissiers ? Elle l'enverrait ensuite à Marc par WhatsApp. Ce serait l'occasion de montrer qu'elle s'occupe bien de son fils. Que Louis mène une vie heureuse ici. Quand elle pointe l'objectif dans la direction de Judith, celle-ci dresse ses mains pour cacher son visage.

— Si vous voulez vivre heureuse, vivez cachée ! Croyez-moi, Marc n'a pas besoin d'être au courant de toutes les activités que vous pratiquez avec votre petit garçon.

Suzanne, déçue, insiste. Judith tente de la raisonner.

— Je n'ai pas l'habitude de me prendre en photo pour des choses futiles comme celles-ci. Il n'est pas nécessaire d'immortaliser chaque minute de nos vies, Suzanne, profitons, sans nous soucier de retrouver l'image de ce moment passé ensemble.

Suzanne ne partage pas le même point de vue. Depuis la naissance du petit, elle ne pouvait s'empêcher de le prendre en photo à la moindre occasion. Elle savait que c'était excessif et Marc le lui avait fait remarquer. Chaque rentrée, vacances, dessin, bricolage, pâtisserie, éclat de rire se retrouvaient stockés dans son smartphone. Suzanne prenait ensuite le soin de se rendre chez le photographe et d'imprimer la photo en divers formats à coller dans des albums rangés dans la bibliothèque du salon. Marc s'était toujours plaint de ne pas avoir assez de place pour y caser ses bandes dessinées. Passion que Suzanne n'avait jamais partagée, elle préférait les polars et les romans sentimentaux.

Résignée, elle glisse son téléphone dans sa poche. Ce sera pour une prochaine fois, d'accord, le gâteau au chocolat n'a pas besoin d'être immortalisé et elle avait passé un merveilleux après-midi.

Changeant de sujet de conversation, Judith se rapproche de Suzanne, surprise, et lui prend les mains :

— Et si nous sortions ce soir ?

— Nous pourrions rester ici, répond Suzanne. Continuer à parler toutes les deux. Louis nous a interrompues, vous m'expliquiez des choses si importantes et puis... je ne vais pas le laisser pour le premier soir...

— Oh ! Je vous ai tout dit. Et puis c'est de l'histoire ancienne. Je m'en suis remise, allons plutôt nous amuser. N'y a-t-il personne pour garder Louis ? Ce n'est pas parce que vous venez de le retrouver que vous devez vous oublier, ne pas prendre de temps pour vous.

Suzanne n'aurait jamais accepté une telle proposition en temps normal. Elle hésite, s'imagine à cette soirée aux côtés de son amie, s'apprête à prendre une grande inspiration pour essayer de garder la tête froide, quand un effluve de parfum ambré la transporte. Judith s'est approchée et ne la quitte pas du regard, prête à tout pour la convaincre. Une émotion inexplicable envahit Suzanne et elle s'entend répondre :

— Il est vrai que d'habitude, nous avons toujours une personne de confiance qui est disponible pour le garder.

— Appelez-la ! Nous pourrions aller dîner et ensuite aller au cinéma, qu'en dites-vous ?

— J'adore le cinéma mais je dois d'abord appeler Mounia.

— Bien sûr.

— Ce soir, pourriez-vous également me donner des conseils pour préparer ma visite chez Laeticia et Victor ?

— Les amis sont faits pour ça.

Judith esquisse un clin d'œil et Suzanne se sent mieux. Pour se dédouaner, elle veut cependant en parler à Louis, être certaine qu'il n'est pas déçu de voir sa mère s'absenter le soir même de leurs retrouvailles. Louis se montre enthousiaste à l'idée de revoir Mounia avec laquelle il a tissé des liens de complicité.

La nounou arrive vers dix-huit heures, elle aussi trépignait d'impatience de revoir son petit protégé. Louis se jette dans ses bras. Comme au bon vieux temps, elle lui a apporté des pâtisseries de la boulangerie de l'hôtel de ville et un sac rempli de jouets.

— Les voisins ont proposé de nous donner leurs vieux jouets. Comme nous n'avons pas d'enfant, nous avons tout de suite pensé à Louis. C'est Hamed qui a tout rassemblé dans ce sac. Y a peut-être quelques jouets pour lesquels Louis est encore jeune. Mais ça servira pour plus tard hein, Madame Bouvier !

L'idée de toucher des jouets de seconde main dégoûte Suzanne. Elle se dit qu'en ces temps de crise sanitaire, le troc n'était pas l'idéal, mais elle ne veut rien laisser paraître et remercie Mounia.

Accompagnée de Judith, Suzanne monte dans sa chambre à la recherche d'une tenue appropriée pour cette soirée entre filles. Elle est excitée. Cela fait si longtemps qu'elle n'a pas ressenti une telle envie de sortir. À la vue de la garde-robe de Suzanne, Judith s'exclame :

— Vous portez énormément de noir !

— Oui, je me sens plus à l'aise lorsque j'arbore des couleurs sobres.

— Pourquoi ne porteriez-vous pas du rouge ce soir ? Nous serions ainsi assorties. Je jouerai le rôle de la grande sœur, évidemment !

Judith rajoute :

— Le rouge c'est la vie, l'amour. Le noir c'est la mort et que je sache, vous êtes bien en vie. Et même très *joliment* en vie.

Suzanne sourit, amusée. Elle envie la légèreté avec laquelle Judith appréhende les choses. Obéissant à ses conseils, elle enfile un chemisier de soie rouge. Pour le pantalon, Judith ne trouve pas d'argument, ce sera un jean noir.

La dernière séance est programmée à vingt-trois heures, ce qui leur laisse largement le temps d'aller dîner au restaurant avant. Mounia a prévu de dormir à la maison et Suzanne n'a donc pas d'heure de retour, pas de contrainte, elle peut en profiter.

C'est Suzanne qui conduit jusqu'au restaurant situé en dehors de la ville, choisi par Judith. Comme dans chacun des lieux où elles s'étaient rendues ensemble, elle est reçue en habituée. Le restaurant est chic et cosy, sans luxe ostentatoire mais Suzanne réalise que le choix d'une tenue habillée s'avérait judicieux. Des chandeliers en forme de tête de cerf garnissent chacune des tables rondes. Les nappes blanches et les serviettes noires confèrent à la pièce une atmosphère sobre et étrange. Judith demande à Suzanne si ce lieu lui plaît. En guise de réponse, Suzanne affiche un sourire ravi. Elle comprend que Judith n'a pas sélectionné ce lieu par hasard. La lumière tamisée crée de l'intimité et invite au tête-à-tête.

L'établissement propose un menu gastronomique.

— C'est moi qui vous invite Suzanne !

— Vous êtes sûre ?

— Oui ! C'est moi qui vous ai proposé de sortir ce soir et qui ai choisi cet endroit qui me tient à cœur.

— Très bien, merci beaucoup...

Suzanne se met à rougir, légèrement troublée par cette invitation qui ne la laisse pas indifférente. Le serveur les interrompt pour prendre les commandes :

— La saison du gibier apporte à notre menu une touche automnale. Pour l'entrée, je vous propose une terrine de lièvre nappée d'un coulis de groseilles. Pour le plat, un fondant civet de chevreuil accompagné d'une sauce chasseur qui explose littéralement en bouche.

Suzanne sourit et pense que son amie est une carnivore, cette femme aime dévorer la vie, sans se soucier de quoi demain sera fait.

Entre deux mets, Judith rapproche son visage de celui de sa convive et lui demande à voix basse :

— Avez-vous vécu d'autres histoires d'amour, en dehors de votre relation avec Marc ?

Suzanne s'étonne que Judith lui pose cette question mais n'est pas gênée de lui répondre :

— Et bien non. Nous nous sommes rencontrés très jeunes à l'université et puis... dix ans plus tard, voilà où nous en sommes. Nous étions bien ensemble, avions nos habitudes, nos repères.

— Oui bien sûr, je comprends, mais pensez-vous sérieusement que l'amour se résume au train-train quotidien, entrecoupé de quelques moments de tendresse ?

— Non ce n'est pas ce que je voulais dire,

j'éprouve des sentiments forts pour Marc, je l'aime, je le trouve séduisant.

— Et avez-vous déjà été séduite par quelqu'un d'autre, un autre homme, une femme ?

Une vague de stress renverse la jeune femme.

— Non jamais. J'ai toujours été attirée par les hommes.

— Suzanne, je dois vous avouer que j'ai une vision tout à fait différente de l'amour. Pour moi, il n'a rien à voir avec le physique : lorsque je rencontre quelqu'un qui me touche, je me laisse envahir par la beauté intérieure de l'autre. Aleksy me faisait ressentir des choses inexplicables, un bien-être presque divin. Je pouvais mourir d'amour rien qu'en le regardant intensément dans les yeux. Ce que j'aimerais vous dire est simple : je pense que vous ne ressentez pas les émotions enfouies au plus profond de vous-même. Vous êtes une femme forte et vous méritez de vivre une vraie histoire, avec quelqu'un qui vous respecte, qui s'intéresse à vous et qui vous entraîne dans des recoins de votre âme encore jamais explorés.

Les paroles de Judith résonnent en Suzanne qui ne trouve pas les mots pour lui répondre. Personne ne lui a jamais parlé comme ça. Son amie l'emmène sur un terrain qui lui fait peur mais la captive. Son cœur s'emballe et le vin commence doucement à faire son effet. Gênée, elle regarde sa montre et change de sujet :

— Je pense que pour nous rendre au cinéma, nous devrions appeler un taxi et nous pourrions faire pareil pour le retour.

— Bonne idée !

— Et bien sûr, vous pourrez dormir à la maison Judith ! Mounia loge dans la chambre d'amis mais il reste le canapé. Ou plutôt, je dormirai sur le canapé. Vu le taux d'alcool que j'aurai dans le sang cela ne fera pas de différence, croyez-moi !

Légèrement enivrée, Suzanne parle vite et programme les détails de la fin de soirée pour se rassurer. Judith lui sourit et lui répond posément :

— Nous planifierons ces choses le moment venu. Cette facette pragmatique de votre personnalité finira par vous causer des soucis, Suzanne. J'aimerais vous apprendre à décompresser.

— Vous avez totalement raison, je voudrais parfois lâcher prise. Et même si ma rigidité me ramène souvent à mes vieux démons, savez-vous, Judith, que j'aime comment je suis quand vous êtes avec moi.

— Je vais vous guider, vous verrez ce n'est pas si compliqué. Allons au cinéma !

Il est vingt-deux heures trente. Les deux femmes ont fini leur deuxième bouteille de vin. Suzanne réalise qu'elles sont à présent seules dans le restaurant. Toutes les autres tables sont déjà redressées pour le lendemain. Agréable et poli, le serveur leur apporte un digestif. Alors que Judith règle la note avec un grand sourire, Suzanne est ailleurs. Elle aimerait que ses soirées soient toujours aussi exceptionnelles. Mais dans une semaine à peine, elle va devoir reprendre le travail. Tous les jours sur sa chaise de bureau à rédiger les nouvelles de la journée. Le cafard la gagne à l'idée de ce retour à la routine du quotidien. Qui plus est, sans Marc. Son Marc.

Judith remarque que Suzanne est songeuse.

— Allons, venez ! Nous allons rater la séance. Je suis sûre que vous pensez à Marc à cet instant. Nous avons beaucoup bu et c'est normal d'avoir des idées noires. Balayez-les et nourrissez-vous du positif. Voyez comme nous passons une agréable soirée entre filles.

Suzanne, étourdie, se ressaisit et décide d'écouter Judith. Cette femme se révèle toujours être de bon conseil. Sur un claquement de doigts du serveur, le garçon du vestiaire apporte les manteaux. Judith enfile le sien avant d'attraper l'écharpe de Suzanne pour la lui nouer autour du cou. En sautant dans le taxi, elle lui prend la main.

Désinhibées, les deux femmes rient en entrant dans la salle. Quelque chose de nouveau pétille entre elles. Judith a choisi le film : un thriller psychologique. Dès la troisième scène, le corps de Suzanne se raidit quand l'héroïne du film, prise au piège, est séquestrée dans sa propre maison. Les rats crevés pendus à sa boîte aux lettres lui reviennent à l'esprit. Judith se tourne vers la jeune femme :

— Ça va ?

Suzanne saisit la main de Judith ; ce contact lui procure aussitôt une décharge, une sorte de trouble qui la bouleverse, qu'elle ne peut expliquer.

À la moitié du film, Judith pose sa tête sur l'épaule de sa voisine, puis ses mains ornées de bagues sur les mains de Suzanne. Celle-ci ne fait pas un geste et Judith s'enhardit, lui caressant maintenant les paumes. Un frisson envahit la jeune femme et l'excitation la gagne au moment où Judith poursuit délicatement son parcours sous son chemisier, détachant la bretelle de son soutien-gorge, qui glisse le long de son épaule. Suzanne reste immobile, hypnotisée par les caresses sensuelles de sa voisine. Quelques instants plus tard, c'est elle qui glisse sa main entre les cuisses de Judith et se laissant guider par son désir, l'embrasse. Judith lui rend son baiser, langoureusement. Elles échangent des caresses jusqu'à la fin du film. Suzanne nage dans l'inconnu. Elle n'a jamais eu ni relation, ni aventure avec une femme. Qui plus est, de vingt-cinq ans son aînée. Une folie. Suzanne est envahie par un sentiment à la fois vertigineux et très léger qu'elle n'avait plus ressenti depuis son adolescence.

De retour devant la maison de Suzanne, Judith trébuche. Rien de grave ; elle ôte son soulier à talon afin de retrouver un équilibre. Malgré l'euphorie de la soirée, Suzanne est partagée, elle ne souhaite pas dormir avec Judith. Ça suffit pour ce soir. Judith n'insiste pas et se blottit dans le canapé. Bousculée par les événements de la soirée, Suzanne ne trouve pas le sommeil. Sa nuit est courte et agitée.

16

Au réveil, Suzanne est nauséeuse, fébrile et mal à l'aise. Elle se sent coupable d'avoir abandonné Louis. Elle aurait dû passer cette première soirée avec lui. Sous l'emprise de Judith, elle n'avait pas su distinguer l'essentiel du superflu.

Dans la cuisine, Louis dévore ses céréales en forme de chat noir, sous la surveillance de Mounia qui piaffe d'impatience en regardant sa montre. Son manteau est plié par-dessus son sac et Suzanne comprend qu'elle est pressée de partir. Elle pose un baiser sur le front de son fils qui, de son côté, semble indifférent à ce qui se joue autour de lui. Il est plus de dix heures quand Mounia quitte la maison en maugréant, sans saluer sa patronne. Judith passe la tête dans la cuisine pour annoncer son départ. Elle s'est bien gardée d'approcher sa jeune amie et son teint gris trahit sa fatigue. Dans le hall d'entrée où Suzanne l'a raccompagnée, Judith lui dit avec sérieux :

— Ne vous inquiétez pas chère amie, je peux faire comme si rien ne s'était produit, si vous le désirez.

— Je ne sais pas, Judith. Je suis complètement perdue. Je n'avais pas les idées claires hier… J'aimerais prendre du temps pour être un peu seule avec mon fils. Je vous ferai signe. Je dois également me préoccuper de ma visite chez les parents de Thomas, mais je vous promets de vous rappeler par la suite.

Suzanne a envie de se reposer et de prendre un peu de distance, mais elle se rappelle soudain qu'aujourd'hui est le jour de l'anniversaire de la mort du mari de Judith. Celle-ci a d'ailleurs un drôle de regard que Suzanne ne parvient pas à décrypter. La jeune femme regrette que cette soirée se termine ainsi. Elles avaient toutes les deux besoin de recul, sans doute...

La porte refermée, Suzanne sent la colère poindre. Son sentiment de culpabilité ne la quittera donc jamais ! À présent, c'est le remord d'avoir laissé son fils. Si Marc apprenait qu'elle avait préféré faire la fête avec une amie plutôt que de s'occuper de Louis, il ne lui pardonnerait pas. Pour oublier ses états d'âme, elle va retrouver Louis dans le salon, l'étreignant de plus en plus fort jusqu'à ce qu'il réagisse :

— Eh Maman, tu me fais mal là.

— Ah oui ? Et là, tu as mal ?

Suzanne chatouille l'enfant sous ses aisselles. Il hurle de rire tout en la suppliant d'arrêter. L'espace de quelques secondes, elle entrevoit une éclaircie dans son ciel voilé.

Après-demain, Suzanne a prévu de se rendre chez les parents de Thomas. Elle compte profiter le plus possible de son fils aujourd'hui. Ils passeront la journée tous les deux, à se raconter leurs secrets. Ces moments de tendresse l'aident à surmonter les épreuves qu'elle traverse. Elle n'a toujours pas identifié le corbeau, mais est bien décidée à retrouver ces minables qui la menacent et la harcèlent.

Louis revient à la charge et réclame une partie de jeu avec ses figurines d'animaux. Suzanne lui demande deux minutes de répit pour pouvoir relancer son CD dans la chaîne Hifi. Elle appuie sur le bouton. Un album de Michel Polnareff. Douces mélodies qui détendent la mère et apaisent le petit.

17

Les parents de Thomas l'attendent pour onze heures et Suzanne s'en voudrait d'arriver en retard. Elle est partie très en avance, consciente des nombreux arrêts que ferait l'omnibus avant d'atteindre sa destination.

Suzanne partage le wagon avec une famille. Une mère et ses deux enfants. Le petit garçon veille sur sa sœur, endormie dans sa poussette. Les enfants sont calmes et leur mère semble épuisée. Le petit garçon doit avoir le même âge que Louis mais paraît beaucoup moins timoré. Il pose une série de questions sur les trains, ce qui a l'air d'agacer sa mère.

Plus que deux arrêts avant d'arriver. Suzanne ne s'était encore jamais rendue dans cette région plus au sud du pays. Elle s'était demandé si elle devait amener un cadeau aux parents de Thomas. Elle avait longuement hésité et n'avait pas osé prendre conseil auprès de Judith. Après réflexion, elle trouvait cela malvenu et préférait arriver les mains vides. La soirée de jeudi occupe encore son esprit. Un mélange de gêne et d'excitation. Les deux femmes ont franchi un cap mais Suzanne n'est pas encore certaine de vouloir aller plus loin. Le soleil d'automne se reflète dans la vitre du train. Le wagon est froid car quelqu'un a laissé la vitre supérieure ouverte mais Suzanne, lasse, ne prend pas la peine de se lever pour la fermer. L'air frais sur son visage la maintient éveillée. Elle ne fait rien. Elle ne lit pas. Elle n'écoute pas de musique. Elle ne dessine pas. Elle tente de ne penser à rien. Ce voyage fait partie d'un processus thérapeutique. Une sorte de catharsis. Pouvoir extérioriser et se libérer des sentiments négatifs qui l'assaillent et l'empêchent d'avancer depuis l'accident.

Une fois arrivée, son cœur s'emballe. Elle ne se sent plus capable d'affronter cette épreuve mais faire demi-tour serait un échec. Son souffle devient court et elle doit s'arrêter, à plusieurs reprises, afin de reprendre sa respiration. Il lui reste un court trajet en bus à effectuer avant d'arriver à quelques pas de la maison de Laeticia et Victor. Le bus est bondé et une odeur désagréable, mélange de sueur et d'humidité, lui pique le nez, traversant son masque chirurgical. Depuis le début de la pandémie, le port du masque dans les transports en commun est obligatoire. Dans le véhicule, cinq personnes ne le portent pas. Suzanne, quant à elle, aime respecter les règles et ne se déplace jamais sans un sachet de masques dans son sac.

Un pas après l'autre, elle se dirige vers sa destination.

Suzanne aperçoit Victor et Laeticia qui se tiennent par la main et ne lui sourient pas. Elle regarde discrètement sa montre. Pile à l'heure. Les derniers mètres à parcourir sont les plus longs. Suzanne avance, portant en elle le poids de ce mois hanté de traumatismes. Laeticia est vêtue d'une longue robe informe et un pull épais en laine blanc recouvre ses épaules. Victor a la même taille que sa femme. Contrairement à celle-ci, il ne semble pas avoir froid. Légèrement courbé, il s'accroche à Laeticia qui se tient bien droite, le buste relevé. Suzanne se sent de trop face à ce couple. Debout devant eux, elle n'a qu'une envie : courir, s'enfuir et ne plus jamais revenir. Elle sait que ce serait une erreur. Pire : un manque de courage.

— Bonjour.

Laeticia s'est lancée. À présent, Suzanne comprend qu'elle est coincée et qu'il n'est plus question de rebrousser chemin. Quoi qu'il arrive, elle doit puiser en elle la force de poursuivre la démarche qu'elle a entreprise. Le froid crispe ses épaules. Elle répond à Laeticia mais n'ose pas s'aventurer plus loin qu'un bonjour en retour.

Victor ne dit rien et son visage semble éteint. Le couple n'invite pas Suzanne à entrer. Avait-il changé d'avis ? La jeune femme est indécise et ne sait pas quelle attitude adopter. Elle s'en veut tellement. Pourquoi n'a-t-elle pas vu ce gamin qui traversait la route ? Cette question résonnait sans cesse en elle depuis l'accident. Ses pensées négatives bourdonnent, s'entrechoquent. Ses oreilles se bouchent et ses jambes vacillent.

— Vous vous sentez bien ?

Laeticia s'est approchée de Suzanne et lui a pris le bras, l'empêchant de tomber. La force de Laeticia surprend Suzanne. Ses cheveux, d'un châtain indéfinissable, se séparent en une raie stricte laissant apparaître quelques racines grisonnantes. Son regard est direct et Suzanne croit y déceler une forme de sollicitude à son égard.

Suzanne se ressaisit, gênée de se donner en spectacle malgré elle. Le couple propose à leur invitée d'entrer. La maison baigne dans une ambiance triste qui, une fois encore, fait regretter à Suzanne d'avoir initié la rencontre. La douleur de ces parents endeuillés est si évidente, leur visage marqué par le chagrin.

Dans un éclair de lucidité, elle se dit qu'elle doit sortir de son mutisme. Leur parler, en trouvant les mots justes :

— Je ne sais pas par quoi commencer. Je regrette tellement ce qui s'est passé. Je voudrais revenir en arrière, que votre fils soit toujours à vos côtés. Je sais que c'est impossible et je ne peux imaginer ce que vous devez ressentir. À quel point vous devez me haïr. Vous devez savoir que je m'en veux, et que je m'en voudrai toute ma vie.

Victor fond en larmes le premier. Il se recroqueville sur lui-même. La jeune femme aimerait devenir invisible. Creuser la terre jusqu'à disparaître. Assister à cette souffrance lui provoque des sensations de coupure dans tout le corps. Comme si l'on venait mutiler ses membres au scalpel.

À fleur de peau, Victor repousse sa femme qui s'avance vers lui. Suzanne tente vainement d'intervenir :

— Je comprends que vous ne soyez pas prêts à me rencontrer. Je peux revenir plus tard. Je suis vraiment désolée.

— Restez !

L'ordre provient de Victor. Il se redresse et sèche ses larmes avec le mouchoir que Laeticia lui tend. Son visage boursouflé et humide fait peine à voir. Victor est presque chauve et sa peau cramoisie en dit long sur sa tristesse.

— C'est très difficile pour nous. Nous avons perdu notre raison de vivre.

Suzanne entend que le couple ne souhaite pas qu'elle parte. Elle ne se sent pas la bienvenue pour autant. Des larmes perlent sur le visage de Laeticia qui se tourne vers Suzanne.

— Je vous sers une tasse de café ?

Victor ne quitte pas Suzanne des yeux. Il se calme et aide Laeticia à apporter les tasses. La conversation débute, difficilement, entrecoupée de longs silences. Assise à la table de la salle à manger, Suzanne observe. La décoration de la maison est vieillotte et ce qui frappe en entrant, ce sont les cadres photos accrochés à tous les murs. Thomas est partout. Est-ce depuis l'accident que ses parents ont voulu le mettre à ce point en évidence ?

Elle voudrait s'intéresser à Victor et à Laeticia, leur demander comment ils parviennent à survivre et à se lever chaque matin. Elle veut surtout se montrer à l'écoute et ne pas parler d'elle. Doit-elle leur proposer son aide, ou prendre l'initiative de parler de Thomas ? Suzanne hésite et veut éviter d'être intrusive ou de prendre trop de place dans la conversation. Sa timidité reprend le dessus. Elle se tait.

— Vous savez Suzanne... Il s'agit seulement de notre deuxième visite depuis les funérailles.

Nous ne voyons plus aucun intérêt à cette vie. Victor a dû stopper tous ses chantiers. Il ne sait pas encore s'il va être capable de les reprendre cette saison ou de lancer des nouveaux projets de piscines pour l'été prochain. Nous sommes perdus. Votre lettre nous a beaucoup bouleversés. Il nous a fallu du temps avant de pouvoir la lire en entier. Victor refusait catégoriquement de vous voir. Et puis nous avons pensé qu'il était nécessaire, pour nous aussi, de vous rencontrer. Notre fils nous manque tellement. Cette sensation de vide, en permanence. Il y a des semaines où Victor ne se lève pas de toute la journée. Moi j'essaye de tenir, en me raccrochant à des petites choses. Rassurer les clients qui appellent, faire semblant, entretenir la maison. Cela me demande de tels efforts. Je ne suis pas sûre de pouvoir continuer.

Les yeux noisette de Laeticia s'embuent. Ceux de Suzanne également. Le courage et la sincérité de cette femme l'atteignent en plein cœur. Celle-ci poursuit :

— Vous avez des enfants Suzanne ?

Elle ne s'attendait pas à cette question. Elle répond directement.

— Un petit garçon de quatre ans, Louis.

Laeticia la regarde dans les yeux. Elle caresse les parois de sa tasse avec ses doigts, comme si elle cherchait un contact physique. Suzanne se tourne vers Victor. Elle a l'œil attiré par un objet singulier. Une montre connectée dernier cri orne son poignet. La taille du cadran est impressionnante. Victor croise le regard de Suzanne et ne peut s'empêcher de retenir un sanglot. Elle se dit qu'une fois de plus, elle s'est montrée indélicate.

— La montre de mon fils. Je ne la quitte plus. Elle me ramène à lui.

— Je comprends...

Laeticia interrompt Suzanne :

— Nous venions de lui offrir pour son vingtième anniversaire. Il avait tant insisté pour qu'on la lui achète. Thomas était fou de technologie. Il n'a pu l'utiliser que quelques semaines...

Cette fois c'est Suzanne qui ne peut retenir ses larmes.

— Elle est magnifique mais trop compliquée pour nous. Nous ne savons pas l'utiliser.

— Voulez-vous que je regarde si je peux la faire fonctionner ?

Suzanne propose son aide mais le regrette aussitôt. Peur d'en faire trop. Laeticia semble hésiter. Elle pose sa main sur celle de Victor qui ne répond pas et regarde fixement sa montre.

— Non merci Suzanne. Nous l'aimons comme ça maintenant.

Plus personne n'ouvre la bouche. Victor remue sa cuiller dans son café. Il y a versé du lait. Comme moi, se dit Suzanne qui boit aussi son café avec une généreuse couche de lait. Le couple est fatigué et il est bientôt midi. Laeticia n'aime pas la tournure que prend la situation. Elle voudrait mettre un terme à ce silence insoutenable. Son mari est dévasté par l'accident. Elle l'est aussi, mais elle voudrait aller de l'avant.

— Voulez-vous que l'on vous parle de Thomas ?

— Si cela ne vous gêne pas, j'aimerais bien oui.

Je veux connaître votre garçon. J'en ai besoin. Je suis désolée.

Suzanne s'excuse de manière maladroite toutes les dix minutes. La sincérité de ses regrets n'est pas remise en cause par le couple et elle ne décèle ni colère ni haine dans leurs réactions. Juste ce souffle de tristesse et de désarroi. Un sourd abandon qui s'est métastasé en eux.

— Suivez-moi.

Laeticia rassemble les tasses vides sur un plateau. Victor se lève et va rapporter le tout à la cuisine. Suzanne entend l'impact du plateau lâché dans l'évier. D'un geste de la main, Laeticia l'invite à monter à l'étage. L'escalier est étroit. Suzanne la suit. Elles arrivent devant une pièce fermée où Victor les rejoint.

Quand Laeticia ouvre la porte, Suzanne ne voit rien. Les stores sont fermés, aucun rayon de lumière ne filtre. Puis, Victor appuie sur l'interrupteur et la lumière des spots éblouit Suzanne. La chambre de Thomas est d'une belle dimension. À l'entrée, on aperçoit un lit simple. Les draps sont noirs et Suzanne comprend, par la décoration de la pièce, que c'était la couleur favorite du garçon. Une atmosphère si sombre, opposée à ce que ce jeune homme renvoyait à travers son physique. Thomas, vingt ans, blond vénitien, à l'apparence si romantique.

Le bureau noir, laqué, paraît interminable et occupe toute la longueur de la pièce. Par-dessus, sont posés deux écrans d'ordinateurs. Le siège est, lui aussi, très imposant. Suzanne qui n'y connaît rien, réalise qu'il s'agit d'un siège de *gamer*. Le casque, muni d'un micro, la conforte dans cette idée.

— Il aimait les jeux vidéo ?

Sa question est bête. Elle connaît la réponse mais elle ne voit pas ce qu'elle aurait pu dire d'autre.

— Oui, il y jouait tout le temps. C'était sa passion, il passait des heures devant ses écrans. Des nuits entières à faire des parties en ligne avec ses amis, jusqu'au petit matin.

Suzanne ne parvient pas à distinguer si Laeticia exprime de la nostalgie ou un agacement. Sûrement une profonde douleur. La pièce est parfaitement rangée. Suzanne s'étonne que ces parents, qui devraient la détester, acceptent de partager avec elle leur intimité.

Le moment est émouvant. La chambre est habitée par Thomas et il devrait être assis sur cette chaise.

— Si Thomas avait encore été là, il ne réagirait même pas à votre présence, tellement il ne décrochait pas du jeu.

Laeticia essaie d'animer la conversation tandis que Victor reste muet. Suzanne, décontenancée, n'ose pas entrer dans la pièce tant elle ne se sent pas à l'aise. Le couple la rassure :

— Vous pouvez entrer. Vous pouvez même toucher les objets et vous approprier la pièce. Mais nous vous demandons de remettre tout à sa place.

Victor ajoute :

— C'est important pour nous que cette chambre reste intacte. Nous essayons de garder son odeur, en y laissant ses vêtements, ses draps.

Sa remarque bouleverse Suzanne et met en évidence, une fois de plus, le désarroi profond de Victor. La jeune femme marque un silence, honteuse d'être responsable d'une telle tristesse.

— Il est trop difficile pour nous d'y rester longtemps. Faites comme chez vous, nous vous attendons en bas.

Suzanne s'apprête à descendre avec eux, elle hésite. Rester seule dans cette chambre serait indécent et pourtant elle avait besoin d'indices pour en apprendre davantage sur ce garçon. Sa vie ne devait pas se résumer à des jeux en ligne. Elle s'installe sur la chaise de bureau et, sans vouloir fouiller, se met à observer les deux grands écrans qui lui font face.

Sa main frôle la souris d'ordinateur. Une boule en plastique, sans fil, qui réagit aux moindres mouvements de ses mains. Les écrans s'allument. La qualité ainsi que l'immensité de l'image impressionnent la jeune femme. Les ordinateurs n'étaient pas éteints, mais simplement mis en veille. Suzanne ne peut s'empêcher de jeter un œil sur leur contenu. Tiraillée entre le désir d'en apprendre plus et la volonté de ne pas se montrer intrusive, elle ressent toujours un malaise mais sa curiosité l'emporte.

Sur le premier ordinateur, elle reconnaît une page internet. Site mondialement connu qui permet à chacun d'uploader et lire des vidéos gratuitement. Elle découvre que Thomas avait créé sa propre chaîne de vidéos. Il postait régulièrement en ligne des vidéos de lui se filmant en train de jouer. Les règles ainsi que les détails de ces jeux n'intéressent pas Suzanne qui n'y connaît rien. Elle observe le second écran qui affiche une série de données indéchiffrables. Des paramètres de son, qualité d'image, nombre de vues. Le tout est cohérent. Thomas devait se sentir fier d'être à la tête d'une communauté de plus de mille abonnés. Il s'agit d'un chiffre modeste mais non négligeable. En 2020, de plus en plus de jeunes créent leur propre chaîne de vidéos afin de partager une partie de leur vie. Certains s'y mettent très tôt, âgés d'à peine douze ans. Le contenu de la chaîne de Thomas ne peut intéresser que des *geeks* passionnés.

Les yeux de Suzanne fixent les données affichées en dessous de chaque vidéo. Un nombre élevé de pouces baissés l'interpelle. Contrairement à ce qu'elle pensait, le public n'apprécie pas le contenu de ces montages. Elle est stupéfaite et fait défiler, avec sa souris, la page vers le bas. C'est alors qu'elle découvre l'horreur de la nature humaine.

La page regorge de dizaines, de centaines de commentaires haineux, d'insultes, de menaces. Suzanne est émue et se demande qui pouvait être capable d'écrire de telles atrocités :

T'es nul !

Va te pendre !

Arrête de te foutre la honte devant tout le monde !

Sale roux !

Elle fait dérouler la page et n'en voit pas le bout. Aucun des auteurs n'avait osé inscrire son nom. Leur pseudo cache leur identité. Des lâches, pense Suzanne en colère ! Les parents de Thomas étaient-ils au courant du harcèlement que subissait leur fils ? Pourquoi Thomas continuait-il à poster des vidéos ? Elle se met à pleurer, ce garçon devait souffrir et avait besoin d'aide. Elle épingle chacun des commentaires et constate que trois d'entre eux se distinguent des autres. Ils contiennent des messages positifs et leurs auteurs assument leur identité. Sont-ils des amis de Thomas ?

Armand : Courage Thomas ! Continue t'es super ! On est avec toi !

Lucas : Super mec ! Continue !!

Valentin : Top stylé ! On remet une partie demain ?

Dans son réseau, Thomas disposait donc de trois amis qui le soutenaient. Trop d'informations se bousculent dans la tête de Suzanne. Elle se demande si toutes ces critiques avaient une influence sur le moral de ce garçon. Sans doute... Mais pourquoi les parents n'en avaient-ils pas fait mention ? Pourquoi Thomas continuait-il à poster les vidéos le filmant s'il était constamment dénigré ? se répète Suzanne. Peut-être ses performances de jeux n'étaient-elles pas à la hauteur ? Ou encore les *haters* estimaient-ils que Thomas aspirait à devenir un grand youtubeur mais s'y prenait mal ? Suzanne fait défiler les commentaires.

Arrête de trembler quand tu parles

C'est pas comme ça qu'on utilise le joystick, t'y connais rien !

Articule on comprend rien !

Toutes ces critiques heurtent la jeune femme. Comment Thomas pouvait-il espérer s'améliorer si personne ne l'encourageait en retour. Les mots utilisés sont brutaux et déstabilisants.

L'ami de Thomas, Armand, semblait être celui qui le soutenait le plus. Il faisait en sorte de rédiger un grand nombre de commentaires positifs afin de masquer les propos haineux. Armand postait soit sous sa propre identité, soit sous un pseudo. Les messages sont identiques à peu de choses près. Il ne faut pas être grand clerc pour comprendre qu'une seule et même personne est à la tête de ces mots réconfortants.

Suzanne tente de se mettre à la place de Thomas. Se glisser dans la peau d'un jeune homme de vingt ans, victime de la lâcheté humaine. Les encouragements de ses trois amis parvenaient-ils à lui redonner confiance ? Elle ne le saura jamais. Trois amis, ce n'est pas beaucoup mais Suzanne se dit que dans sa propre vie, elle n'en compte pas davantage.

La tristesse la submerge. Dix minutes passent encore. Elle décide d'arrêter de fouiller dans les ordinateurs et attend que les écrans virent au noir. Elle veut respecter la demande des parents qui ont insisté pour qu'elle laisse la pièce à l'identique. Rien ne doit avoir été déplacé depuis qu'elle y est entrée.

Elle observe les feuilles de papier posées sur le bureau. Thomas y dessinait des logos et elle reconnaît une marque de jeux vidéo. Pour le reste, les dessins sont étranges et dégagent une impression de noirceur et d'abandon. Les feuillets sont remplis d'une écriture soignée mais tremblante. Les différents symboles ne génèrent que des émotions négatives : larmes, sang, ossements... Thomas était tourmenté, mal dans sa peau. Elle remet tout à sa place et se lève. Doit-elle en parler à Laeticia et Victor ? Elle y renonce, ils devaient certainement être au courant de la détresse de leur fils. Suzanne n'en conclut rien et ne veut surtout pas excuser son accident. Personne n'avait voulu la mort de ce garçon. Elle a de la peine et ne veut pas envisager que Thomas se soit jeté volontairement sur sa voiture. Elle n'est pas enquêtrice et la police fait son travail. Elle doit assumer les conséquences de ses actes. C'est elle qui a appuyé sur l'accélérateur. Elle qui a écrasé le jeune Thomas et qui a mis fin à ses jours.

En se rapprochant de la famille de Thomas, sa perception de l'accident a légèrement basculé. Personne ne remontera le temps et elle ne peut ni modifier le passé, ni l'interpréter. Elle ne peut pas changer le cours des choses.

Elle s'apprête à quitter la chambre mais avant de fermer définitivement la porte, elle observe une dernière fois la pièce, remplie de secrets et de mystères. Tout est rangé, propre et noir. Elle appuie sur l'interrupteur et descend retrouver les Renier, assis à la table de la salle à manger. Victor tient les mains de sa femme et les embrasse délicatement. Suzanne hésite à se rasseoir en face d'eux, peut-être devrait-elle se retirer.

Laeticia ne lui laisse pas le temps de réfléchir :

— Restez encore un peu auprès de nous.

Suzanne s'exécute et s'installe sur le bord de sa chaise. Elle remarque que le couple a disposé une boîte métallique contenant un assortiment de biscuits secs. Laeticia se détache de Victor et approche son visage de celui de Suzanne :

— Qu'est-ce que vous avez pensé de la chambre ?

Suzanne est embarrassée par cette question qui la confronte à ce qu'elle a vu.

— Je l'ai trouvée fort sombre et je ne sais pas si je me sentais à ma place. Cette pièce appartient à votre intimité mais je voudrais tellement vous remercier de m'accueillir ici et de m'avoir parlé de vous.

Laeticia semble beaucoup plus apaisée. Elle part dans la cuisine remplir trois grands verres d'eau. Lorsqu'elle revient, Suzanne a l'impression que l'ambiance a changé, que Laeticia veut lui dire quelque chose. Celle-ci se place derrière son mari et pose tendrement ses mains sur les épaules de Victor :

— Nous ne vous en voulons plus Suzanne. C'était un accident. Thomas a traversé en dehors des passages protégés. Il se rendait à l'arrêt de bus proche de son école. Il avait son casque sur les oreilles mais nous n'en savons pas plus.

— Je ne sais pas quoi dire, vous êtes tellement compréhensifs et indulgents envers moi. Ça me touche beaucoup. Je ne dispose pas de plus d'informations que vous. Je sais que Thomas est mal retombé sur ces blocs de béton, c'est terrible.

Tout le monde se tait, juste un échange de regards tristes et de sourires discrets. C'est quelques minutes plus tard que le couple prononce les mots que Suzanne avait tant besoin d'entendre.

— Vous savez, nous ne vous considérons ni comme un danger public, ni comme une meurtrière. Nous sommes bien conscients que seul le temps viendra, peut-être, soulager notre peine.

Une phrase toute faite, se dit Suzanne qui voit bien qu'ils n'en croient rien. Victor ajoute :

— En attendant, il n'y a pas grand-chose à faire. Je bénis le ciel que Laeticia soit à mes côtés et me soutienne. Elle est plus forte que moi.

— Nous sommes deux Victor, et moi non plus je n'y arriverais pas sans toi. Nous ne nous sommes jamais quittés depuis vingt-cinq ans et j'ai beaucoup de chance de t'avoir, répond doucement sa femme.

Suzanne prend un sablé, le silence est revenu et elle ose à peine croquer son biscuit. Elle hésite à révéler le fruit de ses recherches mais décide de ne rien dire. Il lui semble que ce serait franchir la ligne de l'indécence.

Il se fait tard, il est temps de prendre congé. Victor et Laeticia doivent être épuisés après cette rencontre, elle-même n'a qu'une seule envie : retrouver son lit et câliner Louis. Le couple se lève et raccompagne Suzanne qui les quitte, très émue.

Assise dans le train, elle se sent vaguement soulagée : elle avait noué un lien sincère avec Victor et Laeticia. Cette rencontre venait en outre confirmer qu'ils n'étaient pas à l'origine des menaces, ce dont elle était déjà persuadée au fond d'elle-même.

Alors, d'où proviennent ces messages remplis d'animosité ? Qui avait, à deux reprises, attaché un rat à sa boîte aux lettres ? Elle a peut-être une idée mais ce n'est qu'une hypothèse.

18

Louis vient se coller à sa mère et lui réclame une histoire. Ce soir, Suzanne doit se concentrer pour lire une bande dessinée à son bout de chou qui vient frotter sa tête contre la sienne et met son pouce en bouche, les souvenirs de la journée occupent toutes ses pensées. Elle se demande si elle n'avait pas pris congé un peu vite de Victor et Laeticia. Elle les avait laissés avec leur peine, pressée de mettre de la distance avec le couple. Elle avait obtenu ce qu'elle était venue chercher, leur pardon. Une forme d'égoïsme en sorte. Elle ne leur avait rien proposé, pire, elle avait fouillé dans la vie de leur fils sans même leur en parler. Peut-être avait-elle placé trop d'espoir dans cette rencontre qui ne lui apportait pas le soulagement attendu. En proie à ses ruminations, Suzanne cherche longtemps le sommeil.

Marc était venu chercher Louis quelques jours après sa visite chez les parents de Thomas. Il avait proposé que Louis vienne dormir chez lui afin de « passer un peu de temps entre hommes », avait-il dit en plaisantant. Suzanne n'y voyait aucun inconvénient et avait acquiescé, se disant que son fils avait besoin de prendre l'air, après ces journées difficiles. Louis était revenu tout souriant, le lendemain matin. Marc ne s'était pas attardé et l'avait embrassée sur la joue en lançant « À la prochaine fiston ! ». Suzanne espérait que l'organisation de la garde de Louis puisse se mettre doucement en place, dans cette atmosphère détendue.

La jeune femme n'avait raconté à personne sa rencontre avec Victor et Laeticia et dans les journées qui avaient suivi, les périodes de doute s'étaient peu à peu espacées. Suzanne se sentait plus sereine, du moins lorsqu'elle était en activité. La nuit, elle continuait à se battre contre ses angoisses que seuls les somnifères parvenaient à faire taire.

Ce matin Suzanne a envie d'envoyer un message à Judith dont elle n'a plus de nouvelles. Elle ne parvient toujours pas à qualifier les sentiments qu'elle ressent pour sa nouvelle amie et se demande si Judith souhaite la revoir. Peut-être aurait-elle dû se soucier davantage de l'état de celle-ci ? Elle chasse cette pensée, sa priorité aujourd'hui, c'est le bien-être de Louis et rien de plus.

En début d'après-midi, Louis lui demande si la dame avec ses manteaux d'animaux va revenir. Suzanne sourit et ne répond pas, joue avec les cheveux blonds de Louis qu'elle fait tourner autour de ses doigts et finit par céder à son désir, en se disant que sa démarche ne l'engage à rien.

Judith ne se fait pas prier et arrive chez Suzanne vers quinze heures, au moment où celle-ci prend connaissance, sur son portable, d'un nouveau message :

Tu vas payer pour ce que t'as fait !

Suzanne se met à trembler comme une feuille mais se maîtrise pour ne rien laisser paraître devant Judith. C'est peine perdue, celle-ci remarque aussitôt son trouble :

— Mon dieu Suzanne, vous menez une vie très compliquée ! lui dit-elle avec compassion.

— Je crois qu'on peut le dire.

Leur baiser de la semaine dernière a provoqué une gêne entre les deux femmes et Suzanne a l'impression de se trouver face à une étrangère qui n'assume pas son comportement de l'autre soir.

Judith coupe court.

— Écoutez Suzanne, c'est vous qui avez insisté pour me voir. Si vous n'y tenez pas ou que vous ne vous sentez pas prête à nouer une amitié avec moi, je peux m'en aller. Je ne veux pas vous faire perdre du temps.

— Désolée, je suis gênée de ce qui s'est passé au cinéma.

— N'en parlons plus ! Vous ne ressentez rien pour moi et c'est comme ça !

Le ton est un peu cassant et Suzanne se demande si Judith est vexée. Elle change de sujet et lui raconte sa visite chez Laeticia et Victor.

Radoucie, Judith l'écoute avec attention. Suzanne est frustrée, elle aurait préféré évoquer les conséquences de leur « aventure ». Ce qui s'est passé, en réalité, la bouleverse. Elle n'ose pas se l'avouer mais son attirance pour Judith est toujours là, intacte.

Judith continue à s'intéresser au récit de la rencontre avec les parents de Thomas.

— Donc, à présent, vous devez encore trouver qui se cache derrière les messages ?

Suzanne opine de la tête.

Le vent frappe contre les baies vitrées, refroidissant la température intérieure. Ce mois de novembre s'annonce glacial. Suzanne se lève pour aller chercher des bûches à la cave. Louis adore s'asseoir devant le poêle à bois, captivé par les flammes. Pendant ce temps, Judith sort son carnet et y noircit ses pensées.

La pièce se réchauffe et Judith ôte son manteau. Une pure merveille. Le caban est doublé de vison teinté vert bouteille. Suzanne est fascinée par l'audace de son amie qui assume jusqu'au bout des ongles ses choix vestimentaires.

Judith range son calepin dans son sac en daim rouge et remarque que Suzanne l'observe.

— Ne me jugez pas sur mes vêtements, Suzanne !

— Je ne vous juge pas ! Votre originalité m'éblouit... Vous êtes unique.

— Tous ces biens matériels, superflus, je me les offre en souvenir de mon mari. Aleksy se passionnait pour la mode féminine et nous ne rations jamais un défilé de haute couture. J'ai été privée de tout lorsque j'étais enfant, je ne supporterais plus de revivre cela.

Suzanne perçoit de la tristesse dans la voix de Judith. Elle se souvient de ses confidences à propos de son frère Nicolae. Judith ne lui en a jamais reparlé et la jeune femme n'a plus osé la questionner. Elle tente de la réconforter, maladroitement.

— Je suis persuadée que vous retrouverez quelqu'un qui pourra vous rendre heureuse. Il n'est pas trop tard pour commencer une deuxième, troisième ou quatrième vie.

Judith cherche un mouchoir dans son sac pour cacher son trouble.

— De mon côté, reprend Suzanne, c'est ce que je tente de faire. Ma deuxième vie a débuté lorsque j'ai écrasé ce jeune homme. Je ne pensais pas en être capable et pourtant, je trace un nouveau chemin, accompagnée de mon fils... et de vous Judith ?

Suzanne crée une ambiguïté qui les embarrasse toutes les deux. Judith lève la main comme pour arrêter Suzanne.

— Je dois vous avouer quelque chose...

Sans comprendre, Suzanne observe Judith qui cache son visage entre ses mains et se met à sangloter. Elle n'articule pas, sa bouche laisse échapper quelques mots, inaudibles.

— Enfin Judith, ne vous mettez pas dans des états pareils. Qu'il y a-t-il de si grave ? Il faut que vous vous repreniez, sinon je ne peux pas vous aider. On va s'asseoir et vous allez tout m'expliquer.

Judith sèche ses larmes et reprend peu à peu son sang-froid.

— J'aurais dû vous en parler lors de notre première rencontre au Saint Eloy, je voulais vous le dire mais j'ai pris peur.

— Je vous écoute. Ça ne doit pas être si terrible.

— Vous ne me le pardonnerez jamais...

C'est une femme vulnérable qui fait face à Suzanne. Louis s'approche mais il est gentiment renvoyé dans sa chambre. Judith se lance, à voix basse :

— J'ai été la maîtresse de Marc.

Suzanne ne réagit pas tout de suite, comme si son cerveau refusait d'intégrer les mots qu'elle vient d'entendre. Puis, très vite, une secousse traverse tout son corps et elle se met à crier :

— Quoi ?

— Je suis vraiment désolée. C'est fini entre Marc et moi depuis que je vous ai abordée au Saint Eloy. J'ai averti Marc que je ne voulais plus le voir.

Suzanne est anéantie. Comment Judith avait-elle pu se lier d'amitié avec la compagne de son amant ? Tandis que Judith continue de se justifier, Suzanne est prise d'une violente nausée, elle ne veut plus rien entendre et se lève, cette proximité avec Judith lui est insupportable. Marc l'a trahie, et maintenant c'est au tour de Judith qui était devenue bien plus qu'une amie pour elle.

— Suzanne, croyez-moi, j'ai tout arrêté depuis que je vous ai vue au Saint Eloy. Ce n'est pas dans mes habitudes de me dévoiler si vite mais je pense sans cesse à vous, j'ai envie de tout partager avec vous.

— Stop, taisez-vous, Judith je ne veux pas entendre tout cela. Je ne suis pas amoureuse de vous, si vous voulez le savoir.

La voix de Suzanne se casse. Une histoire saccagée. Piétinée en l'espace de quelques minutes. Ensuite, vient le besoin de faire mal, de mettre Judith en difficulté, une sorte de curiosité malsaine aussi :

— Depuis quand ça dure ? Depuis quand couchez-vous avec Marc ? Dites-moi, parce que c'est cela que vous faisiez, non ? Avouez-le !

— Cela va faire huit mois...

La vision de Suzanne se trouble. Elle se sent humiliée, poignardée. Elle ne se contrôle plus. Elle veut que Judith déguerpisse de chez elle, de sa vie !

De plus en plus mal à l'aise, Judith reprend pourtant ses explications :

— Nous nous sommes rencontrés à l'une de ces soirées avec ses amis au Saint Eloy. Après, nous nous sommes vus en cachette à plusieurs reprises.

— Vous mentez, c'est pas possible, Marc n'a pas pu me tromper, me le cacher... en même temps faire l'amour avec moi et ensuite, faire l'amour avec vous.

Suzanne perd pied. La vérité, dans toute sa cruauté, lui fait face, balayant tout sur son passage : son amour-propre et le peu de confiance en elle qui lui restait. Elle se lève, titubante et cherche du regard un endroit où se retrancher, seule. Judith la saisit par le bras mais la jeune femme, plus rapide, se précipite dans la cuisine où elle s'enferme à clé. Une fois à l'intérieur, elle se laisse glisser lentement jusqu'au sol, incapable de verser une larme. Judith s'est approchée de la porte et tente de renouer le dialogue à voix basse :

— Suzanne je suis navrée. Je savais qu'il n'était pas libre mais je suis tombée amoureuse. J'espère que vous pourrez me pardonner un jour, j'ai rompu avec Marc dès que je vous ai rencontrée. Je pensais que vous ne l'aimiez plus et que vous éprouviez des sentiments pour moi.

— Qu'est-ce que vous savez de mes sentiments ? Personne ne s'en est jamais préoccupé. Tous ceux que j'ai aimés m'ont trahie, à commencer par ma propre mère. C'est facile pour vous, vous menez la danse, vous décidez, vous choisissez. Vous vous êtes jouée de moi et vous avez profité de mes fragilités. Vous m'avez salie.

Tandis qu'elle parle, la situation lui apparaît dans toute sa clarté. La petite incartade d'un vendredi soir au Saint Eloy cachait en réalité une liaison de plusieurs mois avec une magnifique femme envoûtante et énigmatique. Suzanne ne peut supporter d'avoir été trompée à ce point par Marc et à présent, par Judith, sa nouvelle amie... La maîtresse de son ex-compagnon ! Et Alexandre, le lâche, qui n'avait pas osé la prévenir. De toute façon, elle ne lui avait jamais fait confiance.

Judith écoute. Les mots de Suzanne l'atteignent. Elle ne peut pas partir sans mettre les choses au point, s'expliquer encore :

— Je ne suis pas telle que vous me voyez, quelqu'un de dur, qui domine toutes les situations. Rien n'est facile pour moi non plus. Dès que j'ai fait votre connaissance, par hasard, j'ai perçu votre désarroi, j'ai stoppé ma relation avec Marc et nous ne nous sommes plus revus malgré son insistance. J'avais l'impression d'être honnête avec vous.

Le silence s'installe et Suzanne se demande si Judith est toujours là. Elle entend celle-ci lui dire, d'une voix éteinte :

— Avec vous, j'ai senti que nous allions vivre quelque chose de plus fort, plus profond, plus intime aussi. Je n'ai jamais éprouvé un tel sentiment ni avec Marc, ni avec les autres hommes que j'ai rencontrés après le décès d'Aleksy.

Suzanne se relève et ouvre la porte. La colère a fait place à la tristesse. Les deux femmes n'osent pas se regarder et se dirigent toutes deux vers le salon. Deux noyées. Deux femmes démunies, impuissantes, empêtrées dans leurs sentiments. Suzanne a retrouvé son calme et sa voix ne tremble plus. Elle refuse de croiser le regard de Judith qui comprend qu'il n'y aura pas de retour en arrière. Pas aujourd'hui.

— Je veux que vous partiez. Je ne veux plus discuter avec vous et je ne veux plus vous voir. Vous m'avez fait plus de tort que de bien. Comme si vous m'aviez porté un grand coup sur la tête au moment où j'essayais d'émerger.

Judith s'accroche. Suzanne se dit que cela ne lui ressemble pas. Insister. Supplier. Elle la voyait plus forte, maître d'elle-même, quelles que soient les circonstances. Un roc qui ne se fissure pas, ancré dans le sol. L'espace d'une seconde, le doute envahit à nouveau Suzanne.

— Ne me rejetez pas, je comprends que vous ayez besoin de temps mais ne tirez pas une croix définitive sur notre relation. Laissez-moi une chance, dites-moi au moins que vous allez y réfléchir. Je ne sais pas ce qu'il m'arrive mais vous êtes devenue quelqu'un de très important pour moi. Je ne veux pas vous perdre comme j'ai perdu mon frère. J'ai appris de mes erreurs. J'ai voulu trop en faire pour Nicolae, il ne l'a pas supporté et cela s'est retourné contre moi. Je ne vous étoufferai pas Suzanne, je vous laisserai vivre.

— Non, je ne veux pas de votre amour, je me suis beaucoup trop confiée à vous, j'aurais dû être plus prudente, plus distante aussi. J'ai été naïve tout simplement.

Le regard de Judith se voile. Sans un mot, elle saisit son sac à main et se dirige vers la porte d'entrée. Elle ne se retourne pas.

Encore sous le choc, Suzanne sanglote dans un coussin du fauteuil. Le chemin vers la guérison s'allonge peu à peu et elle continuera son combat seule. Comment a-t-elle pu être aussi dupe, aussi stupide ? Marc n'était pas un homme qui s'absentait souvent, mais en y repensant, elle se souvient de ses rentrées tardives et de ses voyages d'affaires. Elle refuse d'imaginer qu'il lui mentait à chaque fois. Il était son grand amour, il l'aimait et elle se demande s'il s'en veut de l'avoir trahie. La jeune femme se sent démunie. Bête aussi.

Louis redescend. Il a faim et traîne sa chaise haute sur le carrelage de la cuisine. Le regard vide, Suzanne ouvre le frigidaire et commence à éplucher des carottes et du céleri. L'huile brûlante se met à sauter dans la poêle.

19

Dégoûtée de Marc, dégoûtée de Judith, Suzanne se retrouve seule, le moral à zéro. Elle a envie de capituler, d'abandonner la partie. Ses efforts pour remonter la pente n'ont servi à rien, si ce n'est à subir une nouvelle déception.

Le lendemain, pendant que Louis est à l'école, elle tourne en rond, incapable de se concentrer sur quoi que ce soit, même les tâches les plus anodines. Elle décide de se mettre à écrire mais ne parvient plus à mettre la main sur son stylo à plume qui est introuvable. Elle se rabat sur un vieux stylo bille qui traîne depuis des lustres sur la table du hall. Le bleu ne fonctionne pas, le noir non plus. Elle s'énerve et passe toute la maison au crible, sans résultat. Agacée, elle s'installe finalement devant son ordinateur et aperçoit son stylo-plume, caché sous son bloc de feuilles !

Elle commence à rédiger un brouillon de lettre, à l'attention des parents de Thomas. Simplement pour prendre de leurs nouvelles. Elle a besoin de penser à quelqu'un d'autre qu'à elle-même. Elle avait presque oublié, ces derniers jours, que la souffrance de Victor et de Laeticia n'était pas comparable à la sienne. Elle les remercie de l'avoir accueillie chez eux, s'inquiète de savoir si Victor a repris le travail et demande à Laeticia si elle n'est pas trop fatiguée. Le courrier n'appelle pas vraiment de réponse. En l'écrivant, Suzanne s'est sentie proche du couple et elle réalise que ça lui a fait du bien.

La jeune femme pense à sa mère qui essaye de la joindre depuis leur dernière rencontre. Elle n'a répondu à aucun de ses messages et Isabelle doit s'inquiéter. Il lui reste une heure avant de récupérer Louis à l'école. Cette semaine, c'est elle qui s'en charge. Ils feront une halte par la boulangerie et elle l'aidera pour ses bricolages. Elle veut éviter de rester seule et a décliné la proposition de Mounia qui était prête à s'en occuper.

Suzanne décide de se rendre à pied chez sa mère, il gèle et elle marche d'un pas rapide pour braver le froid. Cette fin d'automne devait battre les records de température et ses doigts s'engourdissent.

La tête d'Isabelle apparaît au travers de la fenêtre du salon. Elle fait de grands signes à sa fille, le sourire aux lèvres. Suzanne entre sans sonner et Isabelle accourt pour la serrer dans ses bras. C'est la première fois qu'elles s'embrassent depuis le début de la pandémie. Suzanne trouve du réconfort dans cette odeur maternelle qui la rassure.

Elles s'installent dans le salon et Isabelle observe sa fille avec attention. Elle a les idées claires et pour une fois, Suzanne ne doit pas tout lui répéter ou tempérer ses excès. Deux verres en cristal vides se font face mais aucune bouteille n'est posée sur la table. La jeune femme repense à son père. Ce père, à la fois présent et absent, elle ne l'oubliera jamais. Une drôle d'enfance en définitive. Rares sont les moments où elle se remémore les souvenirs à ses côtés. Il lui manque évidemment, mais pas tant que ça. Cela fait longtemps que Suzanne ressasse cette pensée inavouable.

Isabelle, complice, se met à évoquer des épisodes de leur vie à trois. Contrairement à ce que Suzanne pourrait penser, sa mère n'est pas nostalgique des soirées mondaines et de la vie trépidante qu'elle a menée aux côtés de Christian. Elle donnerait tout pour retrouver des moments d'intimité, juste à deux, loin des flûtes à champagne et des tables hautes. Car ils en avaient eu aussi, et Isabelle s'en souvenait.

Le temps file et sa mère insiste pour qu'elle lui raconte sa rencontre avec Victor et Laeticia. Suzanne obtempère, en prenant soin de ne pas dévoiler la liaison de Marc avec Judith. Rassurée par ce que lui décrit sa fille, elle pose néanmoins la question qui lui paraît essentielle :

— Et les menaces, alors ?

La jeune femme ne veut pas angoisser sa mère.

— Les menaces continuent, mais ne t'inquiète pas pour moi !

— Ma chérie, il faut que tu fasses attention. Tu traverses des moments difficiles.

— Tu n'as pas idée...

— Je suppose que tu as enfin contacté la police pour dénoncer ces messages ?

— Non. Ne t'en fais pas pour moi. Je vais gérer seule la situation.

— Suzanne !

Isabelle voudrait poursuivre la conversation mais la jeune femme, déjà debout, pose un baiser sur son front et se dirige vers la porte d'entrée. Pas question de se presser en voiture pour aller chercher son fils à l'école.

Louis bondit de joie lorsqu'il aperçoit Suzanne derrière la grille. L'enseignant, monsieur Charlier, vient la trouver pour lui annoncer que le petit s'améliore en classe. Elle est fière de son fils et cerise sur le gâteau, monsieur Charlier lui explique que Louis a chanté devant toute la classe une comptine qu'il avait mémorisée au préalable. Il avait réussi l'exercice avec brio. Le sourire aux lèvres, Suzanne prend son fils par la main et remercie l'enseignant.

Louis rattrapait bien son retard. Avec le confinement, il avait manqué l'école pendant plusieurs mois. Suzanne et Marc avaient tenté de maintenir un rythme en lui proposant des bricolages, dessins, jeux. L'enfant avait difficilement coopéré.

Le feu ne parvient pas à réchauffer la maison. Marc avait purgé les radiateurs juste avant l'accident mais cela n'avait rien arrangé. Comme Louis se plaint du froid, Suzanne se rend dans la salle de bains et ouvre le robinet de la baignoire qui laisse couler une eau tiède. Elle se déshabille pour accompagner Louis dans son bain, ce qu'elle fait rarement. Les figurines flottant à la surface de l'eau lui laissent peu de place. Louis rassemble ses jouets près de lui pour qu'elle puisse le rejoindre. Elle se relaxe enfin.

Vers vingt heures, elle reçoit un nouveau message.

Tu crois que tu vas t'en sortir comme ça ? Tu vas le payer.

Suzanne se creuse les méninges. L'identité de l'expéditeur se cache sous ce pseudo. Elle compare les deux messages reçus. Il s'agit du même agencement de lettres et de chiffres. Les idées s'entrechoquent. D'un coup, le cœur de la jeune femme se met à battre à la vitesse d'un TGV. Ses mains enrobent sa tête bouillonnante. Pourquoi n'avait-elle pas compris plus vite ? Sans prendre le temps de se poser, Suzanne déverrouille son téléphone. Elle compte bien répondre à ces messages qui désormais ne l'effrayent plus.

— Je sais qui vous êtes !

Envoyé. Suzanne sent qu'elle reprend la situation en main.

Le lendemain, elle n'a reçu aucune réponse à son message. Elle sait à présent qu'Armand se cache derrière ces menaces. Par le biais de son pseudo, elle avait fait le lien avec les commentaires postés sous les vidéos de Thomas. L'auteur des messages est donc le même que celui qui défendait Thomas : mêmes lettres, mêmes chiffres. Suzanne comprend que ce garçon lui en veut. Elle a tué un de ses meilleurs amis. Pourquoi n'avait-elle pas songé que ceux-ci pourraient lui en vouloir ? Peut-être que Valentin et Lucas sont de mèche avec Armand. Ils étaient les seuls amis de Thomas. Peu importe, ce sont des gamins qui souffrent. Au fond d'elle, aucune haine. Oui elle avait eu peur, oui ces rats pendus avaient été source de cauchemars, mais ces jeunes sont désemparés.

Suzanne est perplexe. Que faire ? Prévenir la police ? Sûrement pas. Elle voudrait d'abord appeler les parents de Thomas pour leur en parler. Si, par hasard, ils étaient en contact avec ces jeunes, ils pourraient leur en toucher un mot. Suzanne ne veut pas créer trop de turbulences avec cette histoire.

Elle est convaincue que les menaces ne se réitéreront pas. Armand a dû ressentir un coup de stress, de peur d'être démasqué. Pauvres gosses. Suzanne éprouve de l'empathie pour ces garçons dont elle ne sait rien.

* * *

Il est huit heures du matin lorsque Louis sort de la voiture. Suzanne l'accompagne à la grille de l'école et lui promet de venir le rechercher à quinze heures. Pour une fois, le petit est motivé et s'est exercé à réciter sa comptine tout le long du trajet. Suzanne prend la direction du travail.

Son grand retour au bureau, tant appréhendé, est arrivé. Retrouver un semblant de vie normale lui fera pourtant du bien. Charlotte travaille dans la même boîte mais Suzanne n'a pas envie de la voir. Elles ne s'étaient pas reparlé depuis l'accident. Elle devait être au courant pour l'aventure entre Marc et Judith.

Au bureau, Suzanne se l'est toujours joué solo et d'une manière générale, personne ne vient ennuyer personne. Pas de bavardage inutile dans les couloirs ou près de la machine à café. Elle apprécie ce cloisonnement qui lui permet de se concentrer sur son travail, sans perdre de temps. La rédaction du journal était connue pour son ambiance assez froide.

Suzanne sait qu'elle ne sera pas assaillie de questions relatives à l'accident. Ce n'est pas le genre de la maison. Tout au plus, quelques têtes curieuses qui viendront s'assurer que tout va bien, mais elles seront rares. La vie des uns ne suscite pas l'avis des autres.

Les portes de l'ascenseur s'ouvrent et jusque-là, rien n'a changé. Suzanne se dirige vers son bureau sans être dérangée. Quel bonheur, personne ne fait attention à elle, ou presque.

— Oh salut Suzanne, comment vas-tu ?

— Bien merci !

Elle écourte la conversation. Michel, un des doyens de la boîte, l'avait saluée poliment. Elle apprécie Michel qui se propose toujours pour remplacer un absent ou aider un collègue à boucler son article. Assise derrière son bureau, Suzanne s'en veut de ne pas avoir demandé à cet ange gardien si lui aussi, il allait bien.

Son téléphone vibre. Trois messages provenant tous de Judith.

Pardonnez-moi Suzanne, je vous en supplie !

Je suis désolée, j'aimerais à tout prix vous revoir !

Ce qui se passe entre nous dépasse ce que j'imaginais.

La jeune femme n'a pas le temps de s'appesantir sur le contenu de ces textos. Sa journée s'annonce chargée et elle compte bien apurer une partie de son retard. Elle constate, en allumant son ordinateur, qu'une mise à jour doit être lancée. Elle n'a pas le choix et l'opération risque de prendre plus d'une demi-heure. Pas de chance, il fallait que ça tombe le jour de son retour.

Heureusement, une pile de dossiers posée sur son bureau l'attend. Elle s'y met sur le champ, pressée et stressée, mais bien dans sa peau. Ici, elle se sent à sa place et a toujours adoré travailler. Déconnectée du monde, elle se rend utile.

Pendant le temps du déjeuner, elle reste dans son bureau. Un sandwich fera l'affaire. D'habitude, elle achète un pain au levain à la boulangerie de l'hôtel de ville. Déjà enfant, elle s'y rendait chaque week-end quand elle n'était pas en vadrouille avec ses parents, à une conférence ou en voyage diplomatique. Elle ramenait deux baguettes ficelles pour le samedi midi et s'offrait souvent une boule de berlin qu'elle dévorait déjà en chemin. Isabelle et Christian riaient en la voyant arriver, les lèvres pleines de sucre. « On comprend pourquoi tu n'as jamais faim pour le déjeuner », lançait toujours sa mère. La boulangerie n'a presque pas changé. La façade est faite de bois blanc et un grand panneau bleu ciel occupe toujours le trottoir, annonçant les nouveautés et les pâtisseries saisonnières. Les clients les plus connaisseurs affirment que c'est le pain, qui est d'une qualité exceptionnelle. D'autres ne tarissent pas d'éloges sur l'équilibre des saveurs des tartes. Suzanne, quant à elle, attendait avec impatience la période de Pâques. La vitrine était alors décorée de couleurs pastel et des lapins en chocolat observaient les clients, d'un air bienveillant. Elle était émue que Louis perpétue cette tradition avec Mounia.

La jeune femme mange en silence et essaie de s'imaginer les quelques rares collègues assis à la cafétéria. Étaient-ils en train de parler d'elle ? Pas sûr...

Son regard se pose sur le cadre photo qui orne le meuble de son bureau. Une photo de famille. Marc avec Louis dans les bras, posant un baiser sur sa joue. Encore un souvenir de leurs dernières vacances à la mer du Nord. Le cliché traduit une ambiance paisible et de l'amour s'en dégage. Oui, ils étaient heureux... Marc a tout gâché, il la trompait déjà à cette époque ! De rage, elle jette le cadre contre le mur. Le verre s'écrase sur le béton blanc. Bien évidemment qu'il la trompait déjà. Judith avait été on ne peut plus claire, huit mois ! Huit mois que ce traître voyait Judith en cachette. Suzanne n'avait rien vu venir et se sent idiote. Les bons souvenirs perdent leur authenticité. Elle avait tout consacré à sa famille et Marc semblait heureux à ses côtés.

Le téléphone vibre à nouveau. Judith revient à la charge avec des messages tendres qui la touchent plus qu'elle ne le voudrait. Que cherche Judith ? Son insistance la trouble. Pourquoi vouloir à tout prix renouer cette relation, vouée à l'échec ?

Soudain, elle prend conscience que Marc tentait de recontacter Judith lorsqu'elle était allée voir Louis chez ses parents. Tout l'après-midi, il s'absentait quelques minutes pour passer « un coup de fil important ». Sans doute essayait-il de la reconquérir. Judith avait promis à Suzanne qu'elle l'avait quitté après la rencontre au Saint Eloy. Cette rupture n'avait pas dû lui plaire.

Quelqu'un frappe à la porte :

— Tout se passe bien ? J'ai entendu un bruit de verre...

Suzanne reconnaît la voix.

— Oh ! Charlotte, oui oui, j'ai juste fait tomber mon verre d'eau !

Elle attrape une balayette et jette les morceaux du cadre dans la poubelle. Elle y substituera une photo de Louis. Isabelle en avait pris une belle la semaine dernière, fière de se familiariser avec l'usage de son nouveau smartphone.

La journée a été longue mais productive. Alors qu'elle s'avance dans l'allée qui mène à sa maison, elle croit reconnaître une voiture devant chez elle. Elle se gare et observe la conductrice. Judith l'attend. La jeune femme ne se sent pas prête à l'affronter. Judith descend de sa voiture et s'approche de celle de Suzanne. Elle est vêtue d'un gilet blanc à grosses mailles et d'un pantalon en velours côtelé. Elle a le teint gris, la mine défaite et sa voix tremble légèrement :

— Laissez-moi entrer Suzanne.

La main de Judith tente de saisir celle de Suzanne à travers la vitre entrouverte. La jeune femme la repousse d'un mouvement brusque.

— Je ne veux pas vous parler ! Partez de chez moi.

— Je vous en supplie, venez au moins vous asseoir dans ma voiture afin que nous discutions.

— Non Judith.

Sa voix est ferme mais au fond, elle hésite. Judith avait fait l'effort de venir jusque chez elle, se montrant telle qu'elle est, démunie et à l'abandon.

— Ne m'oubliez pas Suzanne...

Suzanne jette un regard dans son rétroviseur et constate que Louis s'est endormi. Elle déverrouille la portière et fait signe à Judith d'entrer.

— C'est bon asseyez-vous, juste quelques secondes. Je ne vois pas ce qu'on a encore à se dire et Louis peut se réveiller à tout moment.

Judith pleure et se racle la gorge :

— Je comprends que vous ne soyez pas encore prête à me pardonner, mais laissez-moi une chance Suzanne. Je sais que je vous l'ai déjà dit mais lorsque mon frère m'a rejetée, j'ai cru en mourir. Ne m'imposez pas une telle épreuve. Je veux être avec vous. Je veux vous sentir près de moi. Observer vos gestes, sentir votre parfum.

— Je ne suis pas responsable du rejet de votre frère... Je ne vous fais plus confiance Judith. Retournez chez vous. Restez en dehors de ma vie et de celle de mon fils.

Les mots sont durs, implacables. Cette fois Suzanne a tenu bon et ne s'est pas fait avoir. Pourtant, elle n'en éprouve aucun soulagement. Judith avait l'air sincère et surtout, désespérée...

Quand Suzanne rentre chez elle avec Louis, elle est comme vide. Aucune énergie et aucun courage pour mettre à exécution le programme prévu : laver les cheveux de son fils, qui crie à chaque goutte de savon dans les yeux. Ce soir-là, quand elle l'accompagne au lit, il ne réclame pas d'histoire mais avant de s'endormir, il demande à sa mère :

— Dis Maman, c'est quand que Papa revient ?

Le cœur humide de Suzanne se fend. Évidemment que le petit allait réclamer son père un jour ou l'autre. Suzanne pose un baiser sur son front et remonte la couette, ornée de superhéros, jusqu'aux oreilles de l'enfant. Louis baille.

— Bientôt mon chéri.

Elle se relève doucement, allume la veilleuse et depuis la porte entrouverte, observe une dernière fois ce cadeau que la vie lui a donné.

20

Devant son café, Suzanne repense aux propos de Louis. Marc n'a plus donné signe de vie, hormis deux ou trois messages envoyés pour prendre des nouvelles de son fils, sans demander à le voir. La jeune femme est bien décidée à le rayer de sa vie mais pas de celle de Louis. Et pourtant, elle ne se sent pas encore prête à discuter avec lui de l'organisation de la garde à long terme. Elle a besoin de temps.

À quatre heures du matin, Judith lui a envoyé un message qu'elle ne parvient pas à déchiffrer. Les lettres qui le composent sont assemblées sans aucune logique. L'illisibilité du texte laisse penser que Judith avait peut-être trop bu en le rédigeant. L'espace d'une seconde, Suzanne pense à lui répondre. Depuis l'accident, elle tente d'aller de l'avant. C'est peut-être l'occasion, aujourd'hui, d'octroyer une seconde chance à Judith.

Le grotesque de la situation la ramène assez vite à la raison. Pendant huit mois, ces deux lâches s'étaient payé sa tête. En connaissance de cause, Judith vivait une amourette avec un homme déjà comblé. La jeune femme tente de se persuader que leur relation était purement sexuelle... Et puis qu'importe, cette histoire lui avait gâché la vie. Imaginer Marc et Judith lors de leurs ébats amoureux lui donne la nausée. Une nausée qui se transforme en rage, en jalousie aussi, mêlée d'une pointe d'envie qu'elle tente aussitôt de refouler.

Malgré tout, Suzanne sait que Judith a réveillé en elle du désir et de l'excitation. Sensations qui se faisaient de plus en plus rares dans son corps. Quels que soient les moments passés ensemble, ils avaient eu un éclat inattendu, nouveau. Un brin de magie flottait décidément autour de cette femme. Suzanne se laisse envahir par la nostalgie.

Ce matin, elle se rend plus tôt au travail. Avec les mises à jour interminables de son ordinateur, elle a accumulé du retard. L'école de Louis ne propose plus de service de garderie depuis la crise de la Covid-19 et Suzanne a dû s'en accommoder. Elle dépose le petit chez Mounia qui l'emmènera pour huit heures.

Louis est encore à moitié endormi en arrivant chez sa nounou. Son pouce en bouche, il réagit à peine pendant que celle-ci lui prépare son petit-déjeuner. La tasse en forme de lapin, remplie de chocolat chaud, attend sur la table. Suzanne s'attendrit en voyant les traces de lait qui lui dessinent des petites moustaches au-dessus des lèvres. Elle ne s'attarde pas et promet qu'elle l'attendra à quinze heures précises devant la grille. Juré.

Les routes sont dégagées. À cette heure matinale, elle évite les embouteillages et arrive la première au bureau.

Face à son écran, ses pensées se perdent. Comment son quotidien allait-il s'agencer ? Peut-elle se satisfaire d'une vie monotone avec son fils comme seul compagnon de vie ? Pour l'instant, oui. Mais après ? Elle chasse ses ruminations intempestives et se met au travail, l'estomac noué. Ses yeux ne quittent pas son ordinateur jusqu'à midi.

Un SMS de Mounia l'interrompt. Suzanne s'inquiète. L'école maternelle dispose également du numéro de la nounou. Pourvu qu'il ne soit rien arrivé à Louis.

— Rebonjour Madame Bouvier. Vous m'aviez l'air bien fatiguée ce matin… J'espère que tout va bien pour vous. Je suis là, si vous voulez en parler.

L'attention de Mounia la touche, cela fait bien longtemps qu'elle n'avait plus reçu un message aussi gentil. Suzanne pose son téléphone sur le bureau, ne sachant pas quoi répondre. Le texte s'accompagne d'une photo de Louis, dévorant son petit-déjeuner. Elle fond mais n'a pas envie de se dévoiler devant Mounia. Lui raconter toutes ses péripéties avec Marc, avec Judith… C'était trop ! La jeune femme rassure Mounia : tout va bien ; c'est juste une petite fatigue…

La photo de Louis lui fait repenser à cet après-midi passé à trois, avec Judith. À leur préparation du gâteau au chocolat. Aujourd'hui, Suzanne comprend pourquoi l'appareil photo l'avait gênée ! Elle craignait que Marc ne découvre qu'elle se rapprochait de son ex-compagne. Elle aurait dû s'inquiéter de la réaction de Judith, disproportionnée, pour une simple photo… Comment n'avait-elle pas pensé que ce refus catégorique cachait quelque chose d'inavouable ? Quelle idiote ! Elle avait été menée en bateau jusqu'au bout...

Au fil des semaines, la vie reprend son cours normal. Les menaces ont cessé. Laeticia et Victor avaient fait du bon boulot. Après avoir contacté les parents d'Armand, de Valentin et de Lucas, ils avaient confirmé à Suzanne que les trois jeunes avaient compris et n'étaient pas près de recommencer.

Aujourd'hui, Suzanne ne craint plus de regarder ses messages, d'écouter son répondeur ni de lever le courrier. La jeune femme s'habitue à cette vie apaisée. Une fois que la tempête se calme, on oublie le chaos qui l'a précédée.

Les habitants de la ville entament le mois de décembre avec appréhension : les températures ne cessent de chuter, le thermomètre dépasse rarement les cinq degrés. Avec ce froid glacial, les autorités craignent un retour fulgurant de la pandémie. Le virus peut s'apparenter à une grippe et à cette période de l'année, il s'avère difficile de les discerner. Suzanne ne redoute pas de tomber malade mais elle s'inquiète pour sa mère et son fils. Pour les fêtes, elle a déjà prévu de passer le réveillon chez elle avec Louis.

Suzanne occulte un point important : l'avis de Marc. Sa famille attache beaucoup d'importance aux fêtes de fin d'année. Agnès et Jean allaient sûrement insister pour que Louis passe le vingt-quatre décembre chez eux. Suzanne repousse le moment où elle devra aborder le sujet avec Marc.

Louis le réclame davantage, sans s'impatienter. Suzanne tire sur la corde et s'en veut.

Aujourd'hui, l'envie qui traverse Suzanne n'est pas d'appeler Marc, mais plutôt Judith... Tout au long de ces dernières semaines, son ancienne amie n'a jamais renoncé à se faire pardonner mais elle a cessé de lui envoyer des messages à tout bout de champ, consciente que Suzanne avait besoin de temps. Celle-ci n'a répondu à aucun d'entre eux et pourtant, elle est persuadée que Judith ne baissera pas les bras. Elle semble sincère.

Suzanne éprouve soudain le devoir de lui répondre, ne fût-ce que pour clarifier la situation.

Bonjour Judith. J'accepte de vous revoir, afin de nous expliquer. Je suis disponible tout ce week-end, écrit-elle.

Trente secondes plus tard, une réponse s'affiche sur l'écran.

Bonjour Suzanne. J'attendais ce message avec impatience. Merci, merci. Je passerai samedi après-midi.

Suzanne ne pense pas avoir commis une erreur en revenant vers Judith. Pardonner à Marc, jamais. Mais Judith... Après tout, peut-être avait-elle dit vrai et renoncé à côtoyer Marc dès leur première rencontre. Et puis, Suzanne a surtout besoin de la revoir. Sentir son regard se poser sur elle, entendre sa voix douce lui chuchoter des mots qui la troublent, être assise à côté d'elle, tout simplement.

Ce matin, elle a reçu un bref message de Marc, qui la laisse perplexe.

Je t'appelle semaine prochaine. A+.

Pourvu qu'il ne revendique pas une garde alternée qui la priverait de ses fêtes de Noël avec son fils. Suzanne n'est pas dupe. Lorsqu'Isabelle garde Louis, elle passe un coup de fil à Marc. Elle ne supporte pas que son petit-fils soit privé de son père. Louis, très enthousiaste, avait vendu la mèche. Ces petites cachotteries ne la dérangent pas, elles évitent la confrontation entre les deux parents. Marc sait-il qu'elle est au courant de son adultère ? se demande-t-elle. En principe il devrait l'ignorer, sauf si Judith l'a prévenu. Suzanne ne désire pas aller au clash avec lui. Elle préfère faire comme si de rien n'était.

Aujourd'hui, samedi, Louis passe la journée chez Isabelle. Le climat n'invite pas à sortir, ils allaient certainement s'installer dans le canapé et regarder des dessins animés. Peut-être se lancer dans un bricolage. Louis a demandé à pouvoir emmener son nouveau dinosaure en peluche.

Suzanne a envie d'un thé. Elle verse l'eau dans la bouilloire. Peut-être que Judith préférera une infusion... Elle ne devrait plus tarder.

Judith arrive à quinze heures et les deux femmes s'installent à la table de la salle à manger. Le silence règne. Judith est tendue et sort un paquet cadeau de son cabas de cuir blanc. Suzanne devine qu'un livre se cache sous l'emballage rouge.

— J'ai énormément pensé à vous, Suzanne. Je suis si heureuse d'être ici, aujourd'hui.

Suzanne se tait. Elle est habillée d'une robe pull en laine rouge. Ses bas noirs transparents affinent encore un peu sa silhouette. Elle qui, en temps normal, ne prête pas attention à son maquillage, arbore un teint chaud. Le trait d'*eye-liner* sur ses paupières agrandit son regard. Elle s'en veut d'avoir joué la coquette pour une femme qui est responsable de l'échec de son couple.

Judith tend le paquet à Suzanne.

— Il ne fallait pas. Ce n'est pas mon anniversaire.

— Ouvrez-le, s'il vous plaît.

Judith retrouve sa voix grave et sensuelle. Suzanne n'a pas le choix et déballe le cadeau. La forme et la couleur du calepin ne sèment aucun doute. Judith vient de lui offrir le carnet dont elle ne se sépare jamais. Les pages du manuscrit sont cornées, jaunies, les feuilles sont prêtes à se déchirer. Suzanne refuse de violer l'intimité de cette femme. Elle ne l'ouvre pas.

— Je ne comprends pas où vous voulez en venir. Pourquoi m'offrir votre carnet ? Vos pensées les plus intimes y sont inscrites.

— Il ne s'agit pas du carnet dans son entièreté. Ce sont les pages que j'ai remplies depuis notre rencontre.

— Et alors, en quoi est-ce important que je sache tout cela ?

— En le lisant, vous pourrez constater mon honnêteté depuis que je vous côtoie. Je n'ai cessé de m'en vouloir d'avoir entretenu une aventure avec Marc.

— Qui me dit que ces notes traduisent vraiment votre pensée ?

— Vous m'avez vue écrire dans ce carnet de manière naturelle. Lisez-le quand vous avez le temps. Ou gardez-le et ne le lisez pas. Pardonnez-moi Suzanne... pardonnez-moi.

Suzanne se redresse, ferme les paupières pendant quelques secondes. Elle les rouvre et plonge son regard dans celui de Judith.

— Je pense être prête à vous pardonner, Judith.

Une bulle pétillante apparaît dans les yeux de Judith et sa main chaude se pose sur celle de Suzanne.

La jeune femme est soulagée de lui avoir enfin pardonné, mais une question la hante, lui brûlant les lèvres :

— Judith, comment êtes-vous tombée amoureuse de Marc ?

— Et bien... Il m'a touchée. Il est venu m'accoster un soir au Saint Eloy, intrigué par mon accent. Il m'a prise pour une femme polonaise avec laquelle il avait eu une relation troublante à dix-huit ans, lors de son voyage de terminale à Varsovie. Je ne sais pas s'il vous en a parlé. Ce que je veux vous dire, c'est que j'étais émue qu'il me considère très vite comme son essentiel, son tout, je me sentais valorisée, aimée par quelqu'un de plus jeune. J'ai toujours eu le besoin de séduire et nous nous sommes plu, tous les deux, à entretenir ce jeu de séduction, du moins jusqu'à ce que je vous rencontre. Ce que j'ai ressenti pour Marc est loin d'égaler les sentiments que j'éprouve pour vous, Suzanne...

— Je n'ai jamais entendu parler de cette histoire de voyage en Pologne, répond Suzanne pensive. Elle ajoute après quelques instants : je crois en votre sincérité mais je veux qu'on raye Marc de nos vies et qu'il nous oublie aussi.

— Je suis totalement d'accord, Suzanne !

— Vous n'avez plus eu de ses nouvelles ? demande encore Suzanne avec un reste de suspicion dans la voix.

— Il m'envoie des messages plusieurs fois par semaine. Je n'y réponds pas.

Suzanne, excédée par le comportement de Marc, a soudain une idée qu'elle partage :

— Je sais ce que nous allons faire. Vous allez vous rendre chez lui pour lui confirmer que vous avez tiré un trait sur votre relation.

— Euh... et bien Suzanne je ne sais pas si c'est une bonne idée...

— Pourquoi ?

— J'ai déjà été claire avec lui. Marc semble très nerveux en ce moment. Je sais qu'il peut se montrer colérique. Je ne souhaite pas l'affronter. Vous le connaissez et savez à quel point il peut devenir grossier.

— S'il vous plaît. C'est une des dernières choses que je vous demanderai.

— Sincèrement Suzanne, je ne comprends pas pourquoi. Nous avons déjà rompu. Je n'ai aucune raison d'aller chez lui, si ce n'est pour raviver le passé. Cela ne peut que mal se passer.

Suzanne s'entête et revient à la charge.

— Inventez que vous avez trouvé un autre homme. Que vous avez avancé dans votre vie dont il ne fait plus partie.

— Oui, enfin non... je n'ai pas de compte à rendre à Marc. D'ailleurs, je ne lui ai pas dit que vous étiez au courant pour mon aventure avec lui.

— Ce n'est pas nécessaire en effet. Vous avez bien fait, mais je veux qu'il sache qu'il n'a plus aucun espoir de vous récupérer. Je veux que cela soit clair entre vous.

Suzanne se sent forte. Elle pense dominer la situation et, pour une fois, c'est elle qui dicte ses choix. Elle dispose d'une longueur d'avance sur Marc. Une sorte de revanche par rapport à la trahison dont elle a été victime.

Judith n'est pas dupe. Elle comprend que c'est sans doute le prix à payer pour que Suzanne lui pardonne et accepte de la revoir. Elle se rendra donc chez Marc, à contrecœur, pour lui confirmer que leur rupture est bien définitive.

— C'est bon Suzanne, je vais aller trouver Marc. De votre côté, avez-vous encore des nouvelles de lui ?

— Non pas directement, je sais qu'il a des contacts avec ma mère lorsque Louis est chez elle.

Suzanne est contente. Elle a obtenu ce qu'elle souhaitait. Elle refuse que Marc exerce encore une quelconque pression sur son « amie ». À présent, cette femme fait partie de sa vie *à elle*. Peu importe l'étiquette que l'on pose sur leur relation.

Les deux femmes sentent qu'entre elles, l'ambiance a changé. Elles se taisent. Se regardent. Une sorte de lourdeur s'empare de Suzanne. Elle désire Judith.

Judith qui l'a compris se lève et vient se placer debout derrière la chaise de son amie dont la chevelure est domptée dans un chignon strict. Elle retire l'élastique et les mèches dorées de Suzanne tombent en cascade sur ses épaules. La jeune femme se laisse caresser. Des frissons électrisent sa nuque tandis que les mains de Judith descendent jusqu'à son cou. Le froid de ses imposantes bagues galvanise l'excitation de Suzanne.

Judith, de sa démarche souple, a contourné la chaise pour lui faire face. Elle pose sur elle un long regard rempli d'amour, puis ses mains glissent le long de son propre corps, accentuant sa silhouette à la taille si marquée, avant de déboutonner son chemisier en soie.

Suzanne, sans réfléchir, se lève et vient se placer devant Judith qui l'enlace. Elle aime sentir son corps près du sien. Elle est prise d'un puissant désir.

— Êtes-vous certaine de ce que vous faites, Suzanne ?

— Totalement !

N'ayant jamais été attirée par les femmes auparavant, Suzanne ne sait pas ce qui l'anime mais, confiante, elle ne cherche pas à comprendre et se laisse gagner, soudain insouciante, par l'envie des bras de Judith.

— Je suis de vingt-cinq ans votre aînée, Suzanne !

— Peu importe ! Vous m'attirez et j'ai envie de vous...

Suzanne accepte sa fascination pour cette femme dont la beauté, unique et mystérieuse, est devenue obsédante. Elle s'empare des mains de

Judith et l'entraîne dans les escaliers. L'envie de se retrouver nue près d'elle attise ses sens. Dans la chambre, Judith regarde le lit défait et plonge ensuite son regard dans celui de Suzanne. Elle embrasse son cou, remontant doucement sa tête jusqu'aux joues brûlantes de la jeune femme. Ses mains se rapprochent des seins de Suzanne. D'un geste sûr ses doigts attrapent sa robe. Le col roulé reste coincé au niveau de sa tête, ce qui les fait rire.

Le coton des draps vient frôler les deux corps nus. Suzanne frissonne, sentant les seins de Judith se poser sur elle. Étonnée de sa propre audace, dévorée par son désir, elle sent que sa peau et ses membres s'enflamment. Le maquillage de Judith colore la taie d'oreiller. Suzanne n'y prête pas garde. Les deux corps continuent de se toucher, se découvrent et se séduisent. Suzanne, électrifiée par les caresses charnelles de Judith, voudrait que le temps s'arrête. Baignée de sensualité, la pièce prend quelques degrés supplémentaires.

Il est seize heures quand Suzanne s'éveille, elle doit bientôt aller chercher Louis. Judith ne dort pas. Elle la dévore de son regard intense. Suzanne écarte, en souriant, une mèche noire qui vient former une virgule sur ses yeux, puis se lève et s'observe dans le miroir de la salle de bains. Ses joues sont tachées de rouge à lèvres. Elle est une autre femme. Une femme qui vient d'être aimée et désirée. Elle n'a pas envie de se rhabiller et voudrait rester allongée le long de ce corps séduisant. Judith réclame un dernier baiser. Suzanne caresse ses lèvres de ses doigts, avant de l'embrasser tendrement.

— Je vais chez ma mère récupérer mon fils ! J'ai trouvé ce moment si exaltant...

— Vous n'avez pas encore connu tous les plaisirs que la vie peut vous offrir, Suzanne... Je vais m'arranger avec Marc pour lui parler. Je vous tiens au courant, j'espère que la rencontre se passera bien.

— Merci Judith.

Suzanne observe Judith se rhabiller avec grâce et sensualité. Elle dompte son épaisse chevelure d'un geste sûr, se repoudre le visage délicatement, tapote ses paupières avec son index afin de les peindre de couleurs sombres. Elle est parfaite, pense Suzanne, avant de balayer la chambre du regard pour vérifier que Judith n'a rien oublié.

Dehors, le vent vient fouetter son visage, le feuillage des arbres danse avec vivacité, sa voiture a gelé et fait un drôle de bruit en démarrant.

Louis l'attend dans le canapé, installé sur les genoux d'Isabelle. Son pull est couvert de taches de chocolat.

— Maman, vous avez encore abusé des sucreries ? Je t'avais demandé de faire attention à l'alimentation de Louis. Il finit toujours malade et nauséeux en revenant d'ici !

— Détends-toi ! J'ai le droit de gâter mon petit-fils.

Isabelle lance un clin d'œil à sa fille, faisant mine de trinquer avec sa tasse de chocolat chaud.

Louis galope vers Suzanne et enlace ses jambes glacées.

— Mamy et moi, on a joué avec tous mes nouveaux jouets. C'était trop cool !

— Tu ne veux pas prendre un café ? Ça me ferait plaisir, ajoute Isabelle.

Suzanne doit encore s'arrêter au supermarché pour acheter le repas du soir, mais rien ne presse, elle avisera dans les rayons.

— Si, volontiers Maman.

Isabelle lui sert une grande tasse dans un mug de Noël.

— Et d'ailleurs, qu'as-tu fait aujourd'hui, ma chérie ?

Suzanne a la tête ailleurs. Elle repense à Judith, à cet après-midi enivrant.

— Maman, maman, on joue avec mon nouveau jeu de société ? Il faut être au moins trois. Avec Mamy, on t'attendait pour commencer.

L'idée enthousiasme Suzanne. Il fait chaud et des effluves épicés se dégagent de l'appui de fenêtre.

— J'ai proposé à Louis de faire un bricolage de Noël. Nous avons enfoncé des clous de girofle dans des oranges. C'est cette odeur qui donne une senteur parfumée à la pièce.

Quelle chance que sa mère se donne à fond dans son rôle de mamy. Passer du temps avec son petit-fils ne se résume pas à le laisser planté devant un écran de télévision. C'est pourtant ce que ses parents lui proposaient durant son enfance, lorsqu'ils n'étaient pas de sortie.

Depuis la naissance de Louis, Isabelle avait régulièrement réclamé sa présence, voulant prouver à sa fille qu'elle était digne de confiance.

Suzanne avait accepté de le lui confier, d'abord avec une certaine appréhension puis, avec plaisir. Il passait souvent des après-midi créatifs chez sa grand-mère.

La conversation reste légère. Suzanne ne parle ni de Judith, ni de Marc, tandis qu'Isabelle n'évoque pas le coup de fil qu'elle passe au père de Louis. Biscuits aux épices, chocolat chaud, nouvelle série télé, voilà de quoi se compose leur bavardage et Suzanne se sent bien.

Avant de rentrer, elle fait une halte au supermarché du quartier. Dans le rayon viande, c'est la déception : toutes les chipolatas ont été vendues cet après-midi. Suzanne n'a pas le courage de passer chez le boucher, une file interminable de riverains attendant devant l'enseigne. Elle se rabat sur des steaks hachés peu ragoûtants et une fois chez elle, se met directement à les cuisiner. Judith lui a envoyé un message. Suzanne n'osait pas regarder le contenu du texto chez Isabelle. Elle avait entendu son sac vibrer à plusieurs reprises.

Elle n'a pas reçu un message, mais trois. Le premier provient de Charlotte :

Je suis contente que ton retour au boulot se passe bien. Si tu veux manger un bout avec moi sur le temps de midi, n'hésite pas ! Je ne veux pas que ta rupture avec Marc nous éloigne... Bisous, Charlotte.

Quelle surprise. Suzanne ne sait que penser de ce mot. Elle n'a pas envie de répondre immédiatement et s'étonne que Charlotte ait pris cette initiative. Leurs moments à deux se comptaient sur les doigts d'une main. Suzanne veut éviter de passer pour la rabat-joie. Elle répondra positivement à l'invitation, mais plus tard.

En revanche, elle renvoie un message à Judith pour lui souhaiter une bonne soirée.

Suzanne regarde à présent le dernier message qu'elle a reçu :

Je tiens à vous présenter nos excuses, de la part de nous trois : Valentin, Lucas et moi, Armand. Nous n'avons pas réfléchi à nos actes. Notre colère a pris le dessus. Nous avons été anéantis par le décès de Thomas. On le considérait un peu comme notre petit frère. Il n'était pas sûr de lui et n'était pas estimé à sa juste valeur. Sa passion, c'était les jeux vidéo. Il se filmait en permanence en pleine action. Il était doué et en connaissait plus que la plupart d'entre nous. Il lui arrivait parfois de bégayer et de répéter, à chaque bout de phrase, un "voilà quoi". Rien de grave mais ça lui a valu quelques commentaires moqueurs. À partir de là, des centaines d'internautes s'y sont mis : tout ce que Thomas disait ou faisait était sujet aux critiques gratuites. Nous avons essayé de le soutenir mais nos propres commentaires étaient noyés dans cette vague de haine. Thomas, lui, continuait de faire ce qu'il aimait. Lorsqu'on se voyait, il faisait comme si de rien n'était. Pire, il évitait le sujet et nous n'insistions pas. Lorsque nous avons appris son accident, nous ne l'avons pas supporté et nous avons cherché, en vous intimidant, à vous faire payer la disparition de notre ami. Je sais que nous avons eu tort. Nous ne valons pas mieux que ces pauvres types qui ont harcelé Thomas pendant des mois. En plus, nos menaces à votre encontre ne le feront pas revenir. Vous n'entendrez plus jamais parler de nous.

Une page se tourne mais Suzanne est bouleversée par ce qu'elle vient d'apprendre. Thomas avait souffert, en silence, et n'était pas parvenu à se confier à qui que ce soit, même à ses amis les plus proches.

Louis joue sur sa table à dessins. Suzanne allume la chaîne Hifi et y glisse un CD au hasard. Les taques de cuisson s'allument en même temps que la musique. La mélodie de *Spacer* retentit dans toute la maison. Encore sous le choc des révélations d'Armand, Suzanne débouche une bouteille de vin et boit son premier verre d'une traite. Elle continue ses préparations, bercée par l'alcool et la voix de Sheila.

Mère et fils mangent en silence. Le disque continue de tourner. Louis n'a pas très faim. Suzanne s'en doutait, les sucreries de la journée n'y sont pas pour rien.

— Maman, je peux regarder un film avec toi ?

— Tu ne veux pas aller te coucher ? Je te lirai une BD si tu veux.

— Non Maman, un vrai film ! Demain, il n'y a pas école...

— Bon d'accord. Va choisir un dessin animé.

— Non Maman, un vrai film !

Première fois. Son petit bout qui demande à voir un film d'adulte. Suzanne tente de se rassurer. C'est normal, il grandit. Oui mais pas trop vite, s'il vous plaît...

— D'accord mon chéri, nous allons choisir ensemble. Je ne veux pas que tu fasses des cauchemars si tu tombes sur un film que Papa a enregistré.

Ils optent pour une comédie française. Soirée inédite. Emmitouflés dans les plaids du salon, Louis et Suzanne lancent le film.

* * *

En se réveillant, la jeune femme découvre quatre messages non lus. Ça n'arrête pas ! Lorsqu'elle vivait avec Marc, seule Isabelle lui envoyait de temps en temps un texto. Quatre-vingt-dix-neuf pour cent des messages étaient destinés à Marc. Tout tournait autour de Marc. Suzanne était captivée par la personne de Marc. Les choses peuvent changer. Cette deuxième vie en est la preuve.

Bonjour Suzanne, j'espère que malgré mon absence, votre nuit fut douce... J'ai pu joindre Marc. Nous mettons les choses au clair demain ! Je pourrais passer chez vous demain soir ?

Les trois derniers messages de Judith sont plus intimes... Suzanne est excitée à l'idée de la revoir et de connaître la réaction de Marc. Le dimanche matin commence bien.

En ouvrant son dressing pour enfiler un pantalon de jogging, elle tombe sur les affaires de son compagnon, restées intactes. Elle devrait penser à lui faire envoyer ses vêtements, ses livres, ses babioles. Un boulot titanesque, pas très envie d'y consacrer son dimanche. Pourtant, il est temps de lui rendre ce qui lui appartient. Elle a repoussé ce moment à de nombreuses reprises. Cette fois-ci, il faut y aller ! Ils ne partagent plus rien... sauf un fils.

Les cartons sont bouclés et le garage semble le lieu le plus adéquat pour les accueillir. Suzanne attend le récit de Judith avant de contacter Marc qu'elle imagine anéanti, brisé, en sueur. Sous la douche, l'eau bouillante détend ses muscles, la température de la pièce doit atteindre les trente-cinq degrés et aucun son ne perturbe cet instant paisible. Tandis que Suzanne se savonne avec son gel douche à la fleur d'oranger, son rasoir posé sur le bord de la baignoire la fixe. Il y a bien longtemps qu'elle ne s'est plus épilée comme avant.

Louis s'exerce à réciter une nouvelle comptine. Suzanne s'émerveille de le voir progresser de jour en jour. Saturée de la mélodie enfantine qui tourne en boucle dans sa tête, elle fait diversion :

— Et si tu allais me faire un dessin, mon cœur ?

Louis ne bronche pas. Puis il s'éloigne pour retrouver ses crayons gras de toutes les couleurs. Le matériel de dessin avait coûté une fortune. Suzanne croyait au talent de son fils. À deux ans, il dessinait des tomates à la perfection. En parents émerveillés, ils lui avaient offert la plus belle palette du magasin mais le niveau de Louis n'avait pas évolué. Suzanne s'était résignée : son fils ne deviendrait jamais artiste peintre. Elle qui avait toujours cru que dans ses veines coulait le sang d'un enfant prodige.

Le lendemain après-midi arrive plus vite que prévu. Judith sonne à la porte et Suzanne s'empresse de lui ouvrir. Louis lui dit bonjour en souriant.

— Allez mon chéri, nous devons parler avec Judith. Je t'appelle quand on a fini. D'accord mon amour ?

Louis ne répond pas et court dans les escaliers. Signe de son mécontentement, ses pas sont brusques et Suzanne craint qu'il ne trébuche. Il veut se faire remarquer.

— Ça lui passera !

Suzanne ne veut pas que les caprices de son fils mettent Judith mal à l'aise. Celle-ci ne réagit pas. Impassible, elle se tient droite comme un i. Les deux femmes, tout en retenue, n'expriment aucun geste affectueux l'une envers l'autre, seule la tension qui se dégage de leurs regards trahit leur émotion.

— Je ne vais pas y aller par quatre chemins, Suzanne. Nous avons un gros problème avec Marc...

— Que voulez-vous dire par problème ?

Judith entrouvre la bouche. Aucun son n'en sort. Ses lèvres rouges et fines se referment. Suzanne perd patience :

— Expliquez-moi, Judith !

Elle commence à relater les événements comme une conteuse. Lors de cette visite matinale, les insultes avaient valsé. Marc attendait Judith sur le pas de la porte. Dès leur premier échange, il s'était montré agressif. Judith reproduit la scène mot pour mot. Suzanne écoute et s'imagine être un petit oiseau, témoin de la scène de ménage.

— Qu'est-ce qu'il t'a pris d'arrêter tout comme ça, du jour au lendemain ?

Judith avait fait quelques pas et avait posé son sac sur la table basse du salon.

— Écoute, Marc, je t'ai dit que depuis que j'ai rencontré Suzanne, je me sens coupable. J'ai noué un lien d'amitié et... je ne t'aime plus.

Marc avait brusquement tapé du poing sur la table, faisant sursauter Judith.

— Tu mens comme tu respires. Tu n'as jamais su t'attacher aux hommes !

— Marc, c'est fini entre nous ! Et j'ai rencontré quelqu'un, oui.

Il s'était montré grossier et puéril :

— Tu vois, tu ne sais pas t'attacher. Tu n'es qu'une salope qui veut juste faire la fête et se saouler avec des amants qui te baisent.

Judith en était restée bouche bée et avait finalement riposté :

— Tu devrais t'en vouloir aussi Marc, d'avoir fait souffrir Suzanne...

Le ton était monté.

— C'est toi qui vas me donner des leçons maintenant ? Tu joues l'hypocrite aussi avec elle en lui cachant la vérité...

— Je gère ma culpabilité de mon côté, merci.

Il s'était ensuite approché brusquement et avait tenté de l'embrasser. En un éclair, elle avait saisi son sac et l'avait placé devant sa tête. Marc avait reculé, l'avait suppliée.

— Tu m'aimes encore, je le sais. Je veux sentir

ta peau contre moi. Te regarder te maquiller, t'apprêter. T'acheter tout ce que tu désires. Faire l'amour avec toi.

— Marc il est temps de tourner la page. Notre relation est éteinte, tout comme mes sentiments pour toi.

Il était devenu rouge. Judith avait compris que quelque chose se tramait dans son esprit.

— Puisque c'est comme ça, ma Judith, tu vas me le payer. Si tu ne reviens pas, ton amie Suzanne, je lui reprends mon fils.

Suzanne regarde Judith avec stupéfaction. Judith lui explique que Marc menace de la priver de son fils pendant les fêtes, et pour toujours. Qu'il est même prêt à batailler devant les tribunaux pour noircir son image.

— Alors qui choisis-tu, ma belle Judith ? Ta nouvelle copine ou moi ?

Judith avait mis fin à la conversation et avait quitté les lieux. Marc l'avait suivie jusqu'à frapper des petits coups sur la vitre de sa voiture. Elle avait démarré en trombe.

— Mais Judith, il ne peut pas me faire ça ? Qu'on s'accorde pour une garde, même semi-alternée, je suis d'accord. De là à m'enlever mon fils, il n'en est pas question ! Il n'a pas le droit !

— Je suis désolée, continue Judith, je vous ai causé tellement de problèmes. Je dois quitter votre vie. Je n'apporte rien de bon à ce mauvais mélange de destinées.

Suzanne ne se sent pas prête à baisser les armes. La guerre était déclarée et il lui fallait gagner cette bataille. L'enjeu était bien trop grand. Judith regarde fixement le sol. Elle est embarrassée, se sent coupable. Pour une fois, ce sentiment a jeté son dévolu sur une autre personne que Suzanne.

Les deux amies cogitent en silence. Un nouveau plan se profile dans l'esprit de Suzanne. Piéger Marc et l'empêcher de mettre son chantage à exécution.

— Puisque Marc joue sur la garde de notre fils, il faut trouver un moyen de pression sur lui.

— Qu'entendez-vous par moyen de pression, Suzanne ? Vous voyez bien qu'il est plus armé que nous.

— Non, car il y a une chose qu'il ne sait pas. Une chose très importante...

— Je ne comprends pas...

Judith se sent lasse et perdante sur toute la ligne. Elle doit sortir de la vie de Suzanne, la laisser vivre en paix avec son fils, loin de ces amours parasites.

Suzanne martèle la table avec ses ongles et poursuit, d'un sourire mauvais :

— Ce n'est pas compliqué Judith. La solution est sous nos yeux ! Marc ne sait pas que nous partageons une relation... amoureuse ! Et oui, je prononce ce mot sans hésitation.

Judith ne cille pas et lâche doucement :

— Qu'est-ce que cela change ?

Suzanne se lève et fait les cent pas dans le salon. Pour elle, c'est évident :

— Vous pouvez, à votre tour, menacer Marc : lui dire que s'il ne me laisse pas Louis, vous allez dénoncer auprès de moi son adultère de longue date. Vous verrez, il n'en mènera pas large.

— Pourquoi ?

Comment Judith ne comprend-elle pas ? La jeune femme se rassied. Elle boit une grande gorgée d'eau avant de répondre :

— Car moi, je pourrai invoquer cet argument auprès du juge.

Judith réagit aussitôt, ne lâchant pas son amie du regard :

— Stop, Suzanne vous divaguez. On parle du bien-être d'un enfant et les compétences des parents ne se mesurent pas à leur fidélité. Vous ne vous rendez pas compte des conséquences que pourrait engendrer un tel procès.

— Mais alors, si je comprends bien, vous seriez prête à reprendre votre relation avec Marc pour m'éviter un procès ? Vous l'aimez encore ?

Suzanne sent qu'elle va trop loin mais c'est plus fort qu'elle.

— Bien sûr que non. Comment pouvez-vous imaginer une chose pareille après ce que nous venons de vivre ensemble ces derniers jours ? C'est vous que j'aime et vous seule. Il me semble que nous attachons trop d'importance aux menaces de Marc. Pour ma part, je suis persuadée qu'il n'ira pas plus loin. Avec le temps, il va retrouver la raison et les choses vont se tasser. N'oubliez pas que Marc adore Louis et il sait, au fond de lui, que vous êtes une bonne mère. Gardons la tête froide.

Suzanne écoute. Les paroles de Judith l'apaisent et l'aident à relativiser la situation. Judith parvient, comme à chaque fois, à prendre le recul nécessaire par rapport aux situations les plus difficiles. Suzanne replace une mèche de cheveux derrière l'oreille de Judith.

— Je me suis laissé emporter par les événements. C'est vous qui avez raison et je dois cesser d'avoir peur.

— Concentrez-vous sur ce que vous avez, sans craindre à tout moment de le perdre.

— C'est vrai. Je suis à deux doigts de retrouver un semblant de normalité dans ma vie. J'ai besoin de vous. Après tout ce que j'ai enduré, je ne demande pas davantage qu'une vie calme auprès de Louis. Avec vous, si vous le voulez.

Leurs lèvres se joignent et Suzanne vient s'asseoir à côté de Judith. Elle pose sa tête contre son épaule. Les deux femmes, épuisées par la discussion, profitent de ce moment de tendresse, sans ressentir le besoin de parler.

Après plusieurs minutes de silence, Suzanne se tourne vers Judith :

— J'aimerais que vous restiez encore un peu avec moi.

— Mais je ne veux pas m'imposer. Nous pouvons nous revoir à un autre moment.

— Restez, j'insiste.

Judith ferme lentement les yeux.

— Dès que je vous ai vue, j'ai senti que notre relation ne serait pas ordinaire.

Suzanne ne répond pas mais l'écoute, attendrie. Elle la regarde et se dit qu'elle aime cette femme dont elle ne veut plus se séparer. Elle pose ses lèvres dans le cou de Judith qui frissonne. Celle-ci sourit et repose son regard dans celui de la jeune femme. Un regard rempli d'amour. Suzanne comprend, à ce moment, qu'un lien profond les unit et qu'elles ne pourront plus faire semblant de le cacher.

Judith enlace Suzanne et l'embrasse délicatement. Elle évoque, à voix basse, ses sentiments, son attachement, et la possibilité d'un avenir commun. Suzanne voudrait que ce moment ne s'arrête jamais. Elles continuent la soirée ensemble au coin du feu, Louis jouant à leurs côtés. Suzanne, enfin détendue, profite de ce moment et il est plus de minuit lorsque Judith se décide à partir. Les deux femmes n'ont pas envie de se quitter. Louis dort depuis longtemps et quelques braises rougeoient encore dans la cheminée. En s'en allant, Judith invite Suzanne chez elle pour vendredi soir. Elle lui promet une soirée magique. Suzanne s'en réjouit, elle ne peut pas manquer ça.

Le lendemain, Suzanne se lève tôt pour conduire son fils à l'école. Elle monte le réveiller et Louis ne fait pas d'histoire pour s'habiller. Il est de bonne humeur et prend son petit-déjeuner sans traîner. Cela fait plusieurs jours qu'il part serein et qu'il ne s'accroche plus au bras de Suzanne au moment où la sonnerie retentit. La jeune femme est soulagée. Mais elle s'étonne qu'il n'ait plus réclamé son père depuis la dernière fois. Elle voudrait tellement aborder la question avec Louis, ne plus le laisser dans l'incertitude. D'un autre côté, malgré les paroles rassurantes de Judith, l'angoisse rejaillit. Suzanne a peur que Marc débarque pour emmener Louis avec lui.

Elle s'en veut d'avoir forcé Judith à aller le voir, consciente que ce n'était pas une bonne idée.

Les journées au bureau sont ternes et n'en finissent pas, malgré les messages et *selfies* d'Isabelle pour remonter le moral de sa fille qui ne lui a pourtant rien raconté. Elle sait quand Suzanne est inquiète et stressée. La jeune femme a, heureusement, accepté l'invitation de Charlotte. Elles déjeunent ensemble le vendredi midi et dès le début du repas, Suzanne sent que quelque chose a changé entre elles. Très vite, Charlotte se confie. Elle rencontre quelques difficultés avec Alexandre, très préoccupé par le travail, au point qu'ils ne font plus l'amour. Suzanne écoute sans savoir quels conseils donner à son amie. Charlotte ne semble pas imaginer qu'elle est peut-être victime d'un homme qui la trahit. Elle effectue des démarches pour qu'Alexandre consulte un psy, afin d'éviter qu'il ne sombre dans un réel *burnout*. Charlotte aborde ensuite un sujet sur lequel elle tient à s'expliquer. Elle n'avait pas osé avouer à Suzanne l'adultère de Marc car celui-ci s'était mis très en colère quand Alexandre et elle l'avaient sommé d'arrêter ses mensonges. Charlotte s'en veut, c'est un sentiment que Suzanne connaît bien... Elle comprend son amie et vient l'enlacer longuement, sans prononcer un mot.

De retour chez elle, elle dispose d'une petite heure avant de se rendre chez Judith. En se préparant, elle dresse un bilan de ces derniers mois de souffrance. Était-ce le bout du tunnel ? Elle est optimiste. La famille de Thomas lui a pardonné et sa culpabilité est devenue plus supportable. Les corbeaux sont démasqués et Louis vit auprès d'elle. Et puis, il y a Judith. D'abord une amie, avant de comprendre qu'elle avait été sa rivale. Aujourd'hui, Suzanne est amoureuse de Judith. Elle croit en son avenir.

21

Dix-huit heures trente.

Judith allume les bougies installées sur la table basse du salon. Tout est prêt pour accueillir Suzanne dans les meilleures conditions : la nappe rouge assortie au tapis du salon est fraîchement repassée, les verres sont étincelants et une douce odeur de camélia embaume la pièce. Cet après-midi, elle a fait la file pendant trois quarts d'heure devant l'échoppe du dernier vrai traiteur polonais de la ville. Elle espère que cette découverte gustative plaira à Suzanne mais elle est surtout impatiente à l'idée de passer ensemble leur première nuit.

Suzanne ne devrait plus tarder. Judith inspecte une dernière fois la pièce, éteint quelques lampes afin de lui procurer une ambiance tamisée. Au moment où elle actionne la télécommande de la chaîne Hifi, une lumière blanche provenant de l'extérieur l'éblouit. Une voiture est en train de manœuvrer et effectue un demi-tour devant sa maison. Elle regarde sa montre. Quatre minutes à l'avance. Elle sourit et se dirige vers la porte d'entrée, pressée d'accueillir son amie. Elle ouvre la porte. Marc lui fait face.

Judith tressaute :

— Bonsoir ma Judith. Tu n'as pas l'air heureuse de me voir.

— Qu'est-ce que tu viens faire ici Marc, qu'est-ce que tu veux ?

Judith est inquiète. Comment ose-t-il débarquer à l'improviste et lui parler sur ce ton ? Suzanne risque d'arriver d'une minute à l'autre. Il faut qu'il parte avant que la situation ne dérape.

— Je venais voir si tu avais changé d'avis.

— Je n'ai plus rien à te dire. Je pensais que nous avions mis les choses au point.

— Judith, laisse-moi au moins entrer. Je ne peux pas rester dans cet état-là, je pense à toi jour et nuit. J'y arrive pas sans toi, sans tes baisers et tes caresses.

En quelques enjambées, Marc se retrouve dans le salon. Sa chemise blanche est froissée, ses yeux injectés et son visage mal rasé lui donnent une allure négligée. Judith a du mal à respirer. Il balaye la pièce d'un regard, à la recherche de quelque chose. Son corps se dirige vers l'appui de fenêtre. Ses doigts s'emparent du soliflore bleu en verre de Murano.

— Tout me ramène à toi. Ce vase par exemple, tu te souviens ? C'est un de mes meilleurs souvenirs avec toi. Je te l'ai offert lors de notre escapade à Venise, l'année dernière. Tu m'avais promis qu'on ne se quitterait jamais. Tu te rappelles de notre hôtel le long du Grand Canal ? Le premier soir, tu n'avais pas voulu qu'on sorte au restaurant et tu avais décidé de commander le dîner dans la chambre pour qu'on puisse faire l'amour, encore et encore.

— Je m'en souviens mais c'est fini ! Je ne sais pas te le dire autrement. Tu m'oublieras.

— Tu avais promis de m'emmener à Varsovie, ta ville natale que je voulais tant redécouvrir à tes côtés. Avec toi, je pouvais rêver !

Le ton devient accusateur.

— Tu en fais quoi de toutes ces promesses jetées à la poubelle ? Tu prends du plaisir à me faire tout ce mal ?

— Marc, tu ne comprends pas. On ne contrôle pas tout dans la vie.

Il se rapproche et tente de lécher le lobe de son oreille. Paniquée, elle reste immobile. Surtout éviter que la situation ne dégénère, pas de geste brusque. Il pose sa paume sur son épaule dénudée et encercle les grains de beauté avec son pouce. L'air devient malsain.

— Marc, recule-toi !

Il tourne son regard vers la table dressée pour deux et comprend qu'elle attend quelqu'un. Un mélange de dépit et de colère jaillit dans son regard. La voix se fait plus haletante, une voix aiguë qui ne se maîtrise plus.

— Je vois que t'as pas menti. Tu m'as déjà remplacé. Je ne partirai pas sans que tu ne m'embrasses une dernière fois. Je suis certain que tu as encore envie de moi. D'ailleurs, je vais te le prouver.

Il se tient debout face à elle. Elle ne le reconnaît plus tant ses traits sont déformés. Il est devenu laid, il l'effraie. Son visage ne se trouve plus qu'à quelques centimètres du sien. Les bras de Marc l'enlacent, elle est terrifiée. Il tente de l'embrasser. En le repoussant violemment, elle parvient à reculer de quelques mètres, se retourne et ouvre le tiroir du vaisselier situé juste derrière elle.

* * *

Suzanne finit de se préparer. Il lui reste à emballer le cadeau qu'elle s'apprête à offrir à Judith. Une chaîne en métal doré sertie de trois pierres fantaisies taillées dans des tons dégradés de rose. Elle est impatiente de l'admirer, ornant le cou délicat de Judith.

Elle regarde l'heure. Elle n'a pas envie d'arriver trop à l'avance, ni trop en retard. Si elle part maintenant, ce sera parfait.

Le trajet ne se déroule pas comme prévu. En allant conduire Louis chez Isabelle, elle est retardée par une déviation qui l'oblige à faire un détour de six kilomètres sur des routes sinueuses de campagne. Suzanne n'est pas à l'aise. Il fait nuit noire et les chemins ne sont pas éclairés. Impossible de prévenir Judith de son retard. Arrivée chez Isabelle, elle dépose rapidement Louis dans ses bras, la saluant à peine.

— Tu es très jolie ma chérie.

Suzanne se retourne avant d'ouvrir sa portière.

— Merci Maman. À demain !

La voiture démarre et elle sourit, le bonheur est devant elle.

* * *

Judith parvient à saisir son revolver et le pointe vers son agresseur. Ses bras se tendent. Elle ferme un œil, lui signifiant qu'il est la cible de cette mise en joue.

— Ne bouge plus, Marc.

Il fait trois pas en arrière mais ne semble pas calmé pour autant. Ses mains se lèvent en signe d'abandon.

— Ne fais pas de conneries, Judith. Pose ce flingue.

Rassurée qu'il retrouve un ton plus posé, elle baisse l'arme vers le sol.

Marc en profite pour tenter de lui extraire le pistolet des mains. Elle résiste de toutes ses forces. Les corps s'entrechoquent mais Judith, trop menue, ne lutte pas à parts égales. Marc saisit le revolver, elle se débat, le coup part. Il reste pétrifié au milieu du salon, l'arme en main. Il ne peut détacher son regard du corps de Judith, étendu à ses pieds. Il s'accroupit et constate, affolé, qu'elle ne respire plus. Un sang noirâtre s'écoule sur le sol et se répand sur le tapis rouge vif.

Suzanne n'est plus qu'à quelques rues de chez Judith. Elle aperçoit des lumières clignotantes rouges et bleues et entend des sirènes de police. Elle se précipite vers les lieux, découvre l'ambulance et les policiers stationnés devant la maison de son amie. Elle a un mauvais pressentiment. Un inspecteur de police est en train de délimiter la propriété avec un ruban de signalisation. Des brancardiers lui demandent de s'écarter. Tout à coup, elle n'entend plus rien et ne voit plus rien. Sensations exactement identiques à celles de l'accident qui a coûté la vie à Thomas. Les jambes qui vacillent. Le souffle qui manque. Le corps qui lâche. La perte de conscience. Le trou noir.

22

Un an plus tard.

Une file de quinze personnes se tient devant la boulangerie de l'hôtel de ville. Suzanne patiente afin de réceptionner sa commande pour le petit-déjeuner. Alors qu'elle attend en retrait sur le trottoir, une voix familière la fait sursauter :

— Madame Bouvier ? C'est vous ?

— Oh bonjour Mounia ! Comment allez-vous ?

— Moi ça va, et vous Madame Bouvier ? J'espère que vous tenez le coup. Ça n'a vraiment pas été facile pour vous, tout ce grabuge autour de votre vie.

Suzanne lui sourit. Elle est contente de la revoir.

— Mounia, accepteriez-vous de vous occuper à nouveau de Louis à la sortie de l'école ? Vous pourriez également venir dîner à la maison, un soir, avec Hamed ?

— Avec grand plaisir, Madame Bouvier. Vous ne pouvez pas savoir à quel point la bouille du petit me manque ! Demain, on est lundi ? Et bien, je serai à l'heure pour récupérer Louis !

— Saluez Hamed de ma part !

Mounia lui répond par un clin d'œil complice. Suzanne la regarde s'éloigner, songeuse. Que de chemin parcouru en quelques mois. Elle lui semble déjà loin cette époque où sa vie était réglée et rythmée en fonction des seuls besoins de Louis et des décisions de Marc. Une vie étriquée, exclusivement centrée sur les deux personnes qu'elle aimait le plus au monde. Sans concession, sans jamais s'en éloigner. Ce souci d'être rassurée, en permanence, l'avait empêchée de s'ouvrir à d'autres expériences, ou tout simplement de s'ouvrir aux autres. Comment ne s'en était-elle pas rendu compte ? Gâter Louis, à longueur de journée, devancer la moindre de ses exigences et faire le bonheur de Marc lui apportaient la certitude d'être indispensable, irremplaçable. La certitude d'être aimée. Des certitudes que les événements avaient fait voler en éclats.

Aujourd'hui, Suzanne se reconstruit petit à petit. La mélancolie et la tristesse prennent encore souvent le dessus. Marc a été arrêté le soir du drame et placé en détention préventive. Après plusieurs demandes de libération introduites par ses avocats, il a été relâché sous conditions, au bout de six mois. Il reste dans l'attente de son procès qui devrait avoir lieu l'été prochain.

Suzanne a voulu mourir. Elle est restée prostrée des jours entiers, dans le noir, engluée dans un brouillard épais, sans repère. Une sorte de sidération, sans larme, sans cri, comme prisonnière d'un corps qui n'avait plus la force de se manifester, ni de s'alimenter. Et puis, la raison et l'amour pour son fils l'ont ramenée, lentement, parmi les vivants. Il a bien fallu remonter la pente et avancer. Aujourd'hui, Judith occupe encore toutes ses pensées et l'accompagne partout. Dans sa peine et dans ses rares moments de bonheur. Suzanne se bat, au fil des mois, pour continuer, relever la tête, ne plus avoir peur, garder confiance en elle... C'est ce que Judith lui a appris... ce qu'elle aurait voulu.

La jeune femme n'est pas seule : bien sûr il y a Louis, mais aussi le soutien infaillible d'Isabelle et ses séances de thérapie qui ont repris chez son psy. Elle passe une soirée par semaine avec Charlotte. Elle a dû se forcer au début mais elle s'est souvenue que Judith l'encourageait toujours à avancer, plutôt que de se replier sur elle-même. Ces soirées avec Charlotte sont devenues un rituel que Suzanne ne voudrait manquer pour rien au monde. Souvent, l'un ou l'autre de leurs collègues se joint à elles et Suzanne se détend, parvient à parler d'elle, sans rougir ni se soucier du regard des autres. Hier, elle a téléphoné à Pauline qui l'a invitée chez elle le week-end prochain, pour « passer du bon temps entre filles ». Louis ne sera pas de la partie. Il participe, avec ses camarades de classe, à un séjour de trois jours en pleine nature organisé par son école. Il n'avait pas envie d'y aller et avait supplié Suzanne qui, fière d'elle, avait tenu bon et n'avait pas cédé.

La jeune femme est retournée voir Victor et Laeticia à trois reprises. Ils ont eu de longues conversations et Suzanne ne leur a rien caché. Elle leur a parlé de Marc, de Judith, et ils l'ont écoutée, tout en retenue, sans la juger. Cette fois, Suzanne n'a pas craint de se confier et les mots sont venus naturellement, sans appréhension, ni peur d'en faire trop. Le mois prochain, c'est Victor et Laeticia qui viendront lui rendre visite. En la raccompagnant à la gare, à l'issue de leur dernière rencontre, Victor lui a murmuré à l'oreille qu'il était impatient de faire la connaissance de Louis.

Certains soirs, la mort guette encore Suzanne et l'ombre de Judith rôde avec insistance. Elle tente de la repousser et, consciente que la vie peut basculer à tout moment, elle se contente de ce qu'elle a, de ce qui lui reste. Le chemin de la guérison sera encore long. Louis, de son côté, fait des progrès, il est devenu le meilleur élève de sa classe. Il pose son crayon et sourit à sa mère en la voyant apparaître à travers la fenêtre. Suzanne rentre, chargée de petits pains, et pose un baiser sur son front.

23

— Bonjour Madame Bouvier, alors c'est notre dernière séance aujourd'hui ?

— Oui, nous en avions parlé le mois dernier et je n'ai pas changé d'avis, je me sens mieux, vous m'avez procuré des outils qui m'aident à avancer...

— Vous souhaitez en parler ?

— Je vous ai déjà tout dit. Je me souviens que vous m'aviez demandé, après l'accident de Thomas, si j'étais décidée à aller mieux. Votre question m'avait paru si compliquée, si difficile à mettre en pratique.

— Oui...

— Je pense que j'ai compris beaucoup de choses et que je suis prête.

— À quoi êtes-vous prête ?

— Prête à affronter la vie sans Judith, à en profiter. Prête à faire face au procès de Marc, et à peut-être faire de nouvelles rencontres. Prête à vivre, tout simplement.

— Je le pense également.

— Une dernière chose...

— Oui ?

— Je suis prête, aussi, à vous dire au revoir.

L'Échelle du temps
une coédition TohuBohu éditions et RD éditeur
6, rue Laplace, 75005 Paris
www.echelledutemps.fr

Imprimé en France
par CPI Firmin Didot (168896)

Dépôt légal : juin 2022
ISBN 978-2-37622-244-6

DANS LA MÊME COLLECTION

Éloge du Cygne de David Chapon
ISBN 978-2-37622-225-5

Ana de Cathy Borie
ISBN 978-2-37622-234-7

Ce n'est pas loin du paradis de Laurent Peyrard
ISBN 978-2-37622-229-3

Ça arrive à tout le monde de Frédéric Terrien
ISBN 978-2-37622-236-1

CE LIVRE EST IMPRIMÉ
SUR UN PAPIER COMPOSÉ
DE FIBRES NATURELLES,
RENOUVELABLES, RECYCLABLES
ET FABRIQUÉES À PARTIR DE BOIS
PROVENANT DE FORÊTS
GÉRÉES DURABLEMENT